長編小説

息子の嫁に性指南

霧原一輝

JN053132

竹書房文庫

目次

※この作品は竹書房文庫のために
書き下ろされたものです。

第一章　嫁は寂しくひとりで

1

「お義父《とう》さま、どうぞ」

息子の嫁の彩香《あやか》に温燗を勧められて、

「ああ、ありがとう」

内山栄一《うちやまえいいち》はぐい呑みを差し出した。

彩香は徳利から日本酒を注ぎ、栄一は「ありがとう」ともう一度お礼を言って、ぐびっと純米酒を呑む。

「美味《おい》しいよ。清らかな味がする。彩香さんのような味だ。清らかで、濁りがない」

褒めると、

「そんな……お義父さまの思い違いです」

彩香は否定して、はにかんだ。

かるくウエーブした髪が似合う、細面《ほそおもて》のやさしげな美人である。だが、白いニットを突きあげた胸のふくらみは充分で、スカートに包まれた尻もぱんと張っている。

息子の浩平《こうへい》に結婚相手として、彩香を紹介されたときは、「息子よ、でかした」と褒めてやりたかった。

今夜、浩平は出張で一晩家を空けており、二人だけの夕食だった。

結婚して四年になるが、若夫婦にはまだ子供はいない。作りたいのだが、子宝に恵まれないようだ。「彩香さんも三十路《みそじ》を迎えたのだから、そろそろ……」と思うのだが、これればかりは天に任せるしかない。

今夜は浩平が家にいないという気楽さもあり、酒もまわってきて、日頃から思っていることをついつい口にしていた。

「うちのやつが亡くなって、彩香さんが家に来てくれて、本当によかった。最近は家にいることが多いから、彩香さんがいてくれてすごく助かってるよ」

栄一は現在、六十二歳。六年前に妻を癌で亡くしていた。

翌々年に息子の浩平が彩香と結婚し、父のひとり暮らしは大変だろうからと、この家に夫婦で入ってくれた。

その頃は栄一も部長として会社で働いていたが、一昨年に六十歳になっていったん退職し、関連会社で働いていた。しかし、そこでは待遇の問題もあって、一年でやめてしまい、この一年は働かずに家にいる。

家にいる時間が長くなると、いかに彩香が素晴らしい女性であるかがよくわかった。

彩香は清楚で、家事もでき、甲斐甲斐しいほどによく働く。

とくに、料理が美味《うま》い。こんなことを言ってはいけないのだが、長年連れ添った亡妻より明らかに料理の腕は上だった。

本人もキャリアウーマンになるより、人妻として家事に専念して、夫を支えたいと考えており、そのいささか古風な考え方が家事を一切手抜きしない彩香を支えているのだと感じている。

それに、特筆すべきことは、彩香が美人であることだ。

細面で目が大きい清楚系の美女で、ＯＬをしていた頃には『○社の花』と謳《うた》われていたらしい。そんな彩香を見初《みそ》めた浩平が、ものすごい倍率のなかを、日参して強引に口説《くど》き落としたのだと言う。

結婚式で白いウエディングドレスを着て現れた彩香を見て、俺が若かったらこの女を口説くだろう、と思ってはいけないことを考えてしまったことをまだ覚えている。

彩香の趣向をこらした手料理を口に運びながら、旅行の話題で二人は盛りあがった。

二人とも旅が好きで、そういう共通の話題があると、二人でいても気づまりになることはない。

「寒い時期は温泉に行きたいね。彩香さんはどこの温泉が好きなの？」

食べながら話題を振る。

「そうですね。信州や東北の山間の温泉が好きですね。落ち着くし、景色がきれい……あとはやはり、雪見露天なんかいいですね。しんしんと降り積もる白い雪を湯けむり越しに眺めながら、温かいお湯につかっていると、天国だなって。日本人でよかったって思います」

彩香が味わったことを思い出しているような目をした。

「そういえば、最近、浩平とは旅行に行かないね。新婚当時は随分と行っていたのに」

気になっていることを口に出すと、一瞬、彩香の顔に暗い影がさしたような気がした。

「……浩平さんの仕事が忙しいので、なかなか行けません。それに、最近、浩平さんはつきあいでゴルフをはじめたので……」

そう言う彩香の表情が冴えない。

じつは最近、二人の夫婦仲が冷えてきているのではないか、と密かに疑っていた。

新婚当時は夜にトイレに立つと、夫婦の寝室から、彩香の抑えた喘ぎ声が聞こえてきた。

ついつい盗み聞きしていると、彩香の声は波のようにうねり、ある瞬間から自分では抑制できないような激しいものに変わり、それは彼女が果てるまでつづいた。

見かけによらず、彩香は閨《ねや》の床では激しく燃えあがるのだなと思った。

もちろん、それも二人の仲がいいことの証《あかし》でもあるのだから、むしろ歓迎すべきことだ。

が、この一年余り、夫婦の寝室での営みの気配がなくなった。

それに、どうも二人の間がぎくしゃくしているように感じている。

息子がいない今夜、思い切って訊《き》いてみた。

「浩平と、最近何かあったのか？」

いきなりだったので驚いたのだろう、一瞬、彩香がハッと息を呑むのがわかった。

が、それを取り繕《つくろ》うように、

「いえ、何もありませんが……どうして、お義父さまはそう思われるのですか？」

逆に訊いていた。

「いや、何となくね。何となく、二人がしっくりいっていないような気がしたから……いいんだ。何もなければ……余計な詮索をして悪かったね」

栄一が謝ると、「いえ」と彩香が微妙な顔をした。

（ううむ……この態度は、やはり、何かあるんだろうな）

否定の仕方が曖昧《あいまい》であり、それどころか、むしろ、栄一にそのへんの事情をもう少し聞いてほしいのではないかとさえ感じた。

（まあ、いい……いずれまた訊いてみよう）

栄一はその問題はひとまず切りあげることにして、また旅行の話題に戻った。

家族旅行をするならどこがいいかという話をすると、それほど遠くないし、落ち着けるから信州の温泉地がいいのではないか、と彩香が言った。

「じゃあ、今度、三人で行くか？」

切り出しながら反応をみた。

すると、「いいですね」と答える彩香の目が泳いだ。

それを見て、やはり何かあるのだと感じた。

食卓の上の、金目鯛の煮つけやお酒のあてになるような数多くの鉢に入った料理をだいたい食べ終わって、夕食が終わった。

内山家はオープンキッチンになっていて、カウンターのあるキッチンとリビングがつながっている。

テレビを見ながら、時々キッチンで後片付けをしている彩香の様子をうかがう。胸当てエプロンをつけて、シンクにかぶさるように洗い物をする彩香は、ウエーブヘアが顔にかかって、どこか寂しさをただよわせている。

（やはり、浩平との仲がどうなっているか訊いてみよう）

そうは思うものの、なかなか切り出せない。

しばらくすると、うとうとしてしまった。

栄一もまだ六十二歳。老いる歳ではない。本当はもっと働きたかった。しかし、六十歳を過ぎて会社から出向を命じられた下請け会社での待遇がひどすぎた。ろくに仕事も与えられず、ごくつぶし的な態度を取られては、さすがにやめざるを得なかった。栄一にも自分は部長を任されていたというプライドがあった。

またどこかで働きたいが、退職金もそれなりに出たし、これから貰える年金でどうにか老後も暮らしていけそうだ。そうであるがゆえに、どうせ働くなら、自分が興味を持って働けるところでないと、という気持ちがあって、新しい職場が決まらない。

（ダメだな。こんな生活をしていたんじゃ、怠《なま》け癖がついて、働けなくなる。しかし、

眠い……急に酒に弱くなった）

「彩香さん、部屋にあがっているから」

栄一はリビングを出て、二階の角部屋にある自室へと階段を上っていった。二階の反対側の角部屋が若夫婦の寝室になっている。

自室に入ると、うとうととして寝入ってしまい、目が覚めたときにはすでに十時近くで、栄一は飛び起きて風呂に入ろうと階下へと降りていった。

リビングでは風呂からあがった彩香が、ナイティにガウンをはおって、テレビのドラマを見ながら、洗い髪をドライヤーで乾かしていた。

栄一がもう寝てしまったと気を抜いていたのだろう、彩香は普段はこういう横着なことはしない。

栄一に気づいた彩香が、さっとドライヤーを止めて、

「すみません。もうお休みになったかと、先にお風呂をいただきました。テレビを見られますか？」

こちらを向いて言う。

本人は気づいていないのだろうが、ガウンからのぞいたネグリジェの胸元のたわわなふくらみの頂点にはぽっちりとした突起が二つせりだしていて、栄一はドキッとす

る。

　寝るときにはブラジャーをつけないはずだから、あれはノーブラのナマ乳首に違いない。

「いや、このまま風呂に入るから、彩香さんはそのままテレビを見て、ドライヤーを使っていても全然かまわないよ」

　そう返事をしながらも、栄一は自分の視線が胸のほうに吸い寄せられてしまうのを抑えられなかった。

　その視線に気づいたのだろう、彩香がガウンの襟《えり》をさりげなく閉じ合わせた。

「じゃあ、入ってくるから」

　栄一はそう言って、バスルームに向かう。

　更衣室の籠《かご》には、彩香の脱いだ衣服が入っており、ここには使用済みの下着もあるのだな、と思ったが、さすがに何もできなかった。

　服を脱いで、風呂に入った。

　目を閉じて、お湯につかっていると、脳裏に今目にしたばかりの、彩香の髪を乾かす色っぽい所作《しょさ》と、ネグリジェから突き出していた乳首が浮かんできた。

　すると、ひさしぶりに股間のものが頭を擡《もた》げてきた。

(そうか……俺もまだまだ元気なんだな)

下請け会社に再就職してからは精神的なストレスもあり、性欲が湧く状況ではなかった。だが、今はこうして風呂場で勃起するほどに回復した。

(これも、彩香さんのお蔭だな)

最近は時々、彩香のことを想って、センズリをする。オカズは日常に転がっていた。洗濯物を床で畳んでいるときの、スカートの奥に見えるむっちりとした太腿《ふともも》と、白いパンティ。シンクに屈んで洗い物をしているときに、胸元からのぞく乳房のふくらみと谷間……。

そして、今日はネグリジェ越しのぽつんとせりだした乳首……。

(ダメだな。相手は息子の嫁なのに……浩平に申し訳ない。だけど、息子の嫁というのは義父にとってはもっとも身近な他人の女性なんだよな……ダメだ、何を考えているんだ!)

栄一はお湯のなかで握りしめていた勃起を放した。

2

その夜、栄一は夕食のあとで眠ってしまったせいで、なかなか寝つくことができなかった。

ベッドの上を輾転《てんてん》としていたが、小便がしたくなってガウンをはおり、一階にあるトレイで用を足した。切れの悪くなった小便を絞り出し、パジャマのズボンにしまい、階段をあがっていく。

きっと、もう彩香は眠ってしまっているだろう。夫婦の寝室の前をそっと通ったとき、

「んんんっ……！」

なかから、彩香の呻《うめ》き声が洩《も》れてきた。

（うんっ……？）

栄一の足がぴたっと止まる。

（今のは確か、以前に聞いたことがある彩香さんの……！　それとも、何かで苦しんでいるのか？　だとしたら……）

部屋のドアの近くに顔を寄せた。耳を澄ますと、

「ぁあああ、欲しい！　ちょうだい。ちょうだい……ぁああうぅぅ」

彩香の声がはっきりと聞こえた。

（浩平は今、家にはいない。ということは、自分でしているのか……？）

その後も、喘ぎとも呻きともつかない声が大きくなったり、小さくなったりしながらも、断続的に聞こえてきた。

股間のものが一気に力を漲《みなぎ》らせて、パジャマのズボンを突きあげてきた。その充溢してくる感覚が栄一の理性を押し流す。

隣室の、今は物置代わりになっている部屋に、そっと忍び込んだ。

夫婦の寝室との境の壁の上方に、嵌《は》め殺しの明かり取りの窓がついていて、そこから隣を覗けるはずだ。

こんなことをしてはいけないことはわかっている。しかし、今夜浩平は出張でおらず、家には彩香と二人だけである。

それに、さっき耳にした彩香の艶《なまめ》かしい喘ぎが、今も耳に残っていて、栄一の背中を押した。

重なっている丸椅子をひとつ抜き取って、それを隣室との境の壁の前まで運んだ。

置いて、転ばないように慎重に乗る。

バランスを取って立ち、横に長い窓から、そっと隣室を覗くと――。

見えた。

ダブルベッドで、白いネグリジェをまとった彩香がこちらに足を向けて、仰向《あおむ》けに寝ころんでいた。ネグリジェはもろ肌脱ぎにされて、たわわな乳房がこぼれ、片方のふくらみを彩香の手が揉みしだいている。

そして、もう一方の手がネグリジェの裾《すそ》をめくるようにして太腿の奥をなぞっていた。

左右のすらりとした足がちょうどこちらに向かって開かれ、栄一にはその指がどこをどう触っているのかをはっきりと見ることができた。

パンティは穿いておらず、長く白い指が翳《かげ》りの底を、上下にさすっている。

栄一はごくっと、静かに唾《つば》を呑んでいた。

夫婦の閨の声が聞こえてしまったことはあるが、覗き見など初めてだ。そもそも、息子の嫁のオナニーシーンなど絶対に見てはいけないことである。

そんなことは百も承知している。

しかし、いざその衝撃的な光景を目の当たりにすると、道徳心などどこかに吹き飛んでしまった。

カーテンの閉めきられた寝室で、枕明かりのランプとシーリングライトの薄明かりに、彩香のほの白い乳房とM字に開いた太腿が浮かびあがっている。

すでにパンティは足元に脱ぎ捨てられ、あらわになった黒々とした翳りの底をほっそりした指が円を描くようになぞり、両足の親指が大きく反って、

「ぁあああ……はうぅぅ」

彩香はブリッジでもするように腰を浮かせ、のけぞった。

そのとき、彩香の中指が膣《ちつ》のなかに姿を消すのがはっきりと見えた。

彩香はまるで絶頂を迎えたかのようにのけぞってから、腰を落とし、乳房を荒々しく揉みしだいては、

「ぁああ、浩平さん、ちょうだい。浩平さんのおチンチンをください。思い切り、突き刺して……ぁああ、そうよ。気持ちいい……浩平さんのおチンチン、気持ちいい」

そう言いながら、素早く指を抜き差しする。

栄一はいきりたつ分身を握りながら、彩香が浩平の名前を呼んだことで、どこか安心もしていた。

二人は上手《うま》くいっていないように見えたが、そうでもないようだ。

彩香は浩平が出張で家を留守にしている間も、その名前を呼んでオナニーするほど、浩平が好きなのだ。

（よかった。俺の考えすぎだった）

安心すると、いっそう彩香のオナニーをエロチックに感じてしまう。

（こんなことをしてはいけない……）

何度も自分を責めた。しかし、やめられなかった。

彩香は乳房を揉み、乳首を指で捏《こ》ねた。そうしながら、膣のなかに指を出し入れし、時々クリトリスをまわし揉みする。

「ああ、あああ……イキそう。わたし、イッちゃう……浩平さん、イクよ。イク、イク、イクう……」

彩香がのけぞって苦しげに言う。

（いいぞ。イッて、いいんだ。ああ、俺も……出そうだ）

栄一も一気に狂乱の渦に巻き込まれ、パジャマのズボンとブリーフをおろして、いきりたちをつづけざまにしごいた。

その瞬間、足元がぐらっと揺れた。

（ダメだ。立て直すんだ）

とっさにバランスを取り戻そうとあがいた。しかし、一度重心を失った六十二歳の体はもう言うことを聞かなかった。

飛びおりる間もなく、栄一は椅子から落下し、体を床に叩きつけられていた。床が揺れるようなすごい音がしたから、きっと彩香も気づいただろう。

(彩香がここに来るまでに逃げないと……)

しかし、落ちて体を強打したその衝撃が強すぎて、また足首をひねったようで、すぐには立ちあがれなかった。

静かに部屋のドアが開いて、ネグリジェ姿の彩香が入ってきた。

丸椅子のすぐそばで転倒し、なおかつ勃起を丸出しにしている栄一を見て、何をしていたのか理解しただろう。

だが、それには言及せずに、

「大丈夫ですか、お義父さま?」

と、近づいてきた。

その視線が、いまだいきりっている下腹部に向けられるのがわかって、栄一は遅ればせながら股間を手で隠した。

ここまでばれてしまったら、やることはひとつしかない。

「悪かった。ゴメン……あの声が廊下に洩れてきたから……我慢できなかった。気づいたらこの部屋に来て、窓から覗いていた。申し訳ない。このとおりだ」

栄一は土下座して、額を床に擦りつけた。

3

夫婦の寝室で、栄一はかるく捻挫《ねんざ》した足首の手当てをしてもらっていた。

確実に怒られると覚悟していたが、すぐに謝ったのが功を奏したのか、彩香は怒るよりもむしろ恥ずかしがった。

それから、栄一が立ちあがろうとして、足首を痛めているのを知り、手当てをするからと寝室に呼んでくれた。

栄一は椅子に座り、彩香はその前にひざまずいて、湿布を貼り、上から包帯を巻いてくれている。

こんなときに治療をしてくれる彩香のやさしさに、栄一はいっそう惚《ほ》れた。

同時に、彩香がさっきはこのベッドで激しく自分を慰めていたのだと思うと、気持ちが乱れてしまうのだ。

しかも、はだけたガウンからは白いネグリジェがのぞき、胸のふくらみの二カ所に変色したぽつんとした突起が透《す》けだしている。

さっきこのネグリジェに隠れているものがどれほどの美乳であるか見てしまったがゆえに、栄一の気持ちは千々に乱れる。

「一応、応急処置はしておきましたので、痛みが取れないようなら、病院に行ってくださいね」

足首の伸縮包帯を留めて、彩香が下から見あげてくる。

「ああ、わかった。ありがとう。こんなバカなことをした私に手当てまでしてくれて……何と言ったらいいのか」

「いえ、わたしがいけないんです。外に聞こえるほどの声をあげていたわたしが……恥ずかしいわ。本当に……」

彩香はベッドに座って、左右の頬を両手で押さえた。

栄一は思い切って、訊いてみた。

「夕食のときにも訊いたんだけど、もしかして、彩香さんは浩平と上手くいってないんじゃないか？　それで、ああやってひとりで……ああ、間違っていたら、ゴメン。勝手な邪推《じゃすい》をしてしまって……」

途中では、彩香は浩平のことを思ってオナニーしているのだから、二人の関係性はいいと考えた。しかし、あの激しさを考えると、二人は長い間、セックスレスであり、それがつらくて、ひとりで慰めているのではないかと思うようになった。

「やはり、邪推だったようだな」

「邪推ではないです」

彩香がきっぱりと言った。

「やっぱり……よかったら、話してもらえないか？」

「……あの、これはお義父さまだから話すんですが……『妻だけＥＤ』ってご存じですか？」

「ああ、一応……確か、他の女に対しては勃起するんだけど、妻だけには勃《た》たないっていう……えっ、そうなのか？　ひょっとして、浩平がそうなのか？」

彩香が唇を噛《か》みながら、うなずいた。

「まさか……彩香さんのように魅力的な女性に、男が勃たないなんてあり得ないよ。彩香さんは美人で、セクシーで、頭もいいし、料理も美味いし……あり得ないよ」

栄一の素直な気持ちだった。

「ありがとうございます。でも、浩平さんは勃たないんです」

彩香が無念そうに言って、ぎゅっと唇を噛んだ。

「それは、あなた相手だけでなくて、何か欠陥があって女性一般に勃たないんじゃないのか？　彩香さん以外の女性にはどうなの？　訊いた？」

彩香は静かにうなずいて、まさかのことを言った。

「浩平さん、不倫をしているんですよ」

「はっ……！」

まさかという気持ちが強かった。

「他に女がいるんです」

「本当か？」

「はい……部下のＯＬで、田中美月《たなかみづき》という二十五歳の方で……今日の出張も、その女と一緒に大阪に行っているんです。わたしも同じ会社に勤めていたので、その関係で昔の仲間から情報が入ってくるんです」

「本当か？　何かの間違いじゃないのか？」

「お義父さまが息子さんのことをそう思われたいのは、わかります。でも、残念ながら事実なんです」

「……」

　栄一は唖然として言葉を失った。

　こんないい女とやりたい放題だと言うのに、わざわざ他に女を作る浩平の気持ちがさっぱりわからない。

　ただ、やはり彩香を前にすると、あれが勃起しないというのは事実なのだろう。さもなければ、他に女を作る理由が見当たらない。

「だけど、なぜ息子は『妻だけＥＤ』なんだろうね？」

「わかりません。お義父さまはどうでしたか？　お義母《かあ》さまとは……」

「……確かに、途中からしなくなったな」

「それは、なぜですか？」

「なぜだろうな……マンネリかな？　その……女房を女として見られなくなったってこともあるし……一度、せまって断られたこともあるしな……とにかく、しなくなったな」

「そのとき、お義母さまはどうだったんでしょうね？」

「どうだったんだろうな……」

　はっきりと覚えていないが、一度どういう理由だったのか、急にせまられて、びっくりしすぎて勃ちが悪かった。そうしたら、もう妻は求めてこなくなった。

だが、彩香は女としてのいちばんいい時期を迎えつつあるこのときに、夫が勃たないとしたら、これは相当つらいことだろう。

ベッドの端に腰をおろして懊悩《おうのう》する彩香を、色っぽいと感じてしまう。

「正直言って、あなたに勃たない男がいるなんて、あり得ないと思う」

そう言ったとき、彩香の視線がすっと股間に落ちたのを、見逃さなかった。栄一のそこはいまだ奇跡的にいきりたっている。

「たとえそうでも、浩平が女を作っていることに関しては、許せないな。父として恥ずかしいよ。俺のほうで言って聞かすよ」

「……いえ、それはまだ……もう少し様子を見て、ここというときには自分で切り出しますから」

「そうか……わかった。だけど、あれだな。彩香さん相手にエレクトしないなんてあり得ないな。彩香さんは、原因は何だと思う？」

「……浩平さんはマンネリ化だと言っていました。わたしにセックスアピールを感じないと。昂奮《こうふん》しないと……」

「それはおかしいよ」

「でも、本当にダメなんです。わたしが何をしても、少しは反応しても、完全にはそうならないんです」

「何をしても？」

「はい……何をしてもです。きっとわたし、セックスが下手《へた》なんだと思います。思い当たることがなくもないですし……」

彩香が目を伏せた。

「男は女のセックスの上手い下手に反応するわけじゃないんだけど……それに、どんな男でも普通は、あの……口ですれば大きくなるんだけどな。口でしてもダメなの？」

「はい……」

彩香が頬を赤らめた。

うつむいたときに、また彩香の視線がちらりと栄一の股間のふくらみに落ちるのを見逃さなかった。

ダメもとで提案してみた。

「どうだろう？　ちょっと、それっぽいことをしてみないか？　たとえば、フェラの真似事を。もちろん、本当にやらなくていいんだ。それっぽくやってくれれば……それで、彩香さんのフェラの上手い下手がある程度、判断できると思うんだが……」

栄一は自分でも無茶だと思うことを提案していた。

「……実際に、やるんですか？」

「ああ、いや……ダメなら、いいんだ、もちろん。ただ、どうせならと思ってね。つまり、さっきあなたのあのシーンを見てしまったしね……だから、もう恥ずかしがっている段階じゃないしね」

栄一の股間はますます力を漲らせて、ギンとしてきた。

そして、彩香の視線はそこに吸い寄せられている。

「では、あの……お義父さま、ベッドに横になっていただけますか？」

彩香がおずおずと言って、「ああ、わかった」と栄一はそれに応じる。

瓢箪《ひょうたん》から駒とはこういうことを指すのだろう。まさか、乗ってくるとは思わなかった。

彩香も相当悩んでいるのだろう。

栄一は内心の悦《よろこ》びを押し隠して、たんたんとダブルベッドに仰向けに寝る。

すると、彩香はいきなり股間というのにはためらいを感じたのだろう、浩平のパジャマのボタンをひとつまたひとつと外して、前を開き、胸板にキスをしてきた。

ちゅっ、ちゅっと窄《すぼ》めた唇を押しつけ、小豆《あずき》色の乳首に丁寧に舌を這わせる。

それから、顔をあげてはにかみ、パジャマのズボンの上から、股間のふくらみをやさしく撫でてきた。

そうしながら、乳首をれろれろっと舐《な》める。

(ああ……上手いじゃないか。これで、なぜ浩平はエレクトしない？)

彩香の顔がおりていって、ズボンがおろされ、足先から抜き取られた。

ブリーフのふくらみを、彩香は丁寧になぞりあげるので、分身にますます力が漲って、ブリーフを三角に持ちあげる。それを見て、

「お義父さま、すごくお元気ですね。とても還暦を越えているとは思えないです」

彩香が心から感心したように言う。

「それは、相手が彩香さんだからだよ。普段はこんなにならない……それに、さっきあなたのオナ……」

「もうさっきのことは……」

「ああ、ゴメン……ぁああ、それ……くっ、あっ……」

彩香のしなやかな指が布地越しに勃起を握って、しごいてくる。それだけで、えも言われぬ快感がうねりあがってきた。

彩香はそのふくらみめがけて、ちゅっ、ちゅっとキスをする。

分身がびくんっと頭を振ると、湿った舌がブリーフの上から肉柱をなぞってきた。

布地越しに舐められるその搔痒感《そうよう》がまた刺激的で、

「ぁあ、気持ちいいよ」

思わず声に出していた。

彩香はそのまましばらく焦《じ》らすように舌でなぞってきた。

じかに舐められたくてしょうがなくなった。そのときを見計らったように、彩香がブリーフをおろして、足先から抜き取った。

ぶるんと転げ出てきたものを見て、彩香がハッと息を吞むのがわかった。

「どうした？」

「すごく、大きく硬くなっていらっしゃるから……」

「浩平のあれは、こんなにならないのか？」

「……はい。前はすごく元気だったんですが……」

「いつくらいから？」

「もう、一年くらい前から……」

「そうか……長いな」

一年もの間、欲しいのに挿入してもらえなかったら、欲求不満でおかしくなってしまうだろう。ひとりで解消していたのもうなずける。

そのとき、彩香がおずおずと指を伸ばして、屹立《きつりつ》に触れてきた。

イチモツの硬さや大きさを確かめるように、カリや根元を触り、それから、足の間にしゃがんだ。

切なげな吐息をこぼし、慈《いつく》しむようなキスを亀頭部に浴びせて、しみじみ言った。

「浩平さんにそっくり……」

「そ、そうか……」

「ええ、そっくりです」

微笑んで、またちゅっ、ちゅっと亀頭冠にキスを浴びせる。

(……俺のと息子のあれは似ているのか。まあ、俺の血を息子が受け継いでいるのだから、似ていて当たり前か……彩香さんにとっては、浩平を相手にしているようで、ちょうど、いいのだろうな)

栄一が納得している間にも、彩香は裏筋を舐めあげてくる。つづけざまに敏感な箇所をなぞられて、陶然《とうぜん》とした気持ちがひろがった。

(こんなにいい気持ちになったのは、いつ以来だろう？)

裏筋を伝っていた舌が亀頭冠の真裏にとどまって、裏筋の発着点をちろちろと舐めてきた。

そうしながら、しなやかな指が根元を握って、時々しごいてくる。

上手だ。まったく下手ではない。

六十二歳の自分がこんなにギンギンになるのだ。三十五歳の浩平が勃たないなんてあり得ないだろう。

(浩平のやつ、その不倫相手の若いOLに骨抜きにされて、彩香さんに興味を失ったんじゃないのか？　そのくらいしか理由は考えつかない)

彩香が上から唇をかぶせてきた。

静かに途中まで頬張り、なかでねろり、ねろりと舌をからませてくる。舌が敏感な箇所をなぞり、擦ってきて、分身がますます力を漲らせるのがわかる。

「上手だよ。彩香さん、全然下手じゃない」

言うと、彩香は一瞬動きを止めて、本当ですか？　とでも言いたげに見あげてきた。

失くしていた自信を取り戻したような、パッと輝く表情が愛らしかった。

褒められれば、男も女も乗ってきて、調子があがってくる。きっと彩香にも同じことが起こっているのだろう。

彩香は途中まで唇をすべらせて、引き戻す。それをゆっくりと丁寧に繰り返した。

ストロークひとつとっても、細やかな配慮が感じられる。

それに、その姿勢のせいで、ネグリジェの胸元にゆとりができて、ノーブラの乳房のふくらみと谷間、ぽっちりと浮かびあがった乳首が見えてしまっている。

這う姿勢で腰があがっていて、その豊かなヒップに白いネグリジェがぴったりと張りついており、そのハート形がたまらなくそそる。

フェラチオを試す、という本来の目的を考えるなら、そろそろやめさせたほうがいいのかもしれない。

しかし、気持ち良すぎて、絶対に無理だった。

それに、彩香はますます情熱的におしゃぶりしてくれる。

ぐっと奥まで頬張った。

イチモツが完全に姿を消して、彩香の口が、白髪まじりの陰毛にくっついてしまっている。

それほど長大なものではないが、すべてを咥《くわ》えるのは大変なのだろう。苦しそうにえずいている。

噎《む》せながらも、吐き出そうとはせずに、少しずらして頬張りつづけている。

(頑張り屋さんなんだな。根性がある……いい女じゃないか。こんないい女がいながら、他に女を作る浩平の気持ちがちっともわからない。やはり、彩香さんの前では勃けるたないから、他に求めてしまうんだろうか……？）

そう思いを巡らす間にも、彩香はゆったりと顔を振って、肉の塔に唇をかぶせつづける。

柔らかな唇が表面をすべるたびに、ぐんと快感が増す。

彩香も気持ちが昂《たかぶ》ってきたのか、徐々にストロークのピッチがあがっていく。

「んっ、んっ、んっ……」

つづけざまに唇がすべり動くと、ジーンとした熱い痺れが込みあげてくる。

「ああ、すごいよ……彩香さん、気持ちいいよ」

思わず言うと、彩香は頬張りながら栄一を見あげて、根元のほうに指をからませてきた。顔を打ち振りながら、根元を握りしごく。

同じリズムで、唇と指で擦られると、甘い陶酔感が急激にひろがってきた。

しかも、彩香は睾丸まで愛撫してくれている。

亀頭冠を中心に唇を往復させながら、右手では根元を握りしごき、左手では睾丸袋をやわやわとあやしている。

比較するのはどうかとは思うが、亡妻はこんな三箇所攻めはしてくれなかった。

（彩香さんは男をとことん気持ち良くさせようという奉仕の気持ちがあるのだろうな。

ぁああ、たまらん！）

ひと擦りされるたびに、わずかに残っていた理性が本能に取って代わられる。

栄一は思い切って、提案した。

「彩香さんのフェラが上手いのはよくわかった。次は、身体の感度を知りたい。あなたの身体がどのくらい男の愛撫に反応するか……それを、調べてみたいんだ。それがわかれば、息子の『妻だけＥＤ』の対策が見つかるかもしれない。さ、触っていいか？」

一応、筋は通っているとは思うが、現実にやろうとしていることはもう明らかに常軌を逸している。「何をバカなことを」と一喝されてもしかたがない。

しかし、返ってきた言葉は違っていた。

「そ、そうですね。お義父さまにわたしの身体を知っていただければ、きっと何か対策が立てられますよね……でも、大した身体ではないですよ。それでも、よろしいのなら……」

「あ、ありがとう。これはあくまでも、『妻だけＥＤ』の解決策を見つめるためのものだからね」

「はい……」

「じゃあ、どうしようかな」

「まずは、脱ぎますね……恥ずかしいから、あまり見ないでください」

彩香は白いネグリジェの裾に手をかけて、まくりあげ、頭から抜き取った。

あらわになった息子の嫁の裸身を見て、息を呑んでいた。

一糸まとわぬ姿でベッドに横座りした彩香は、恥ずかしそうに手で胸を隠しているものの、乳房は豊かでウエストはくびれて腰がぱんと張っており、横座りしていても熟れた女の色香がむんむんと匂い立つ。

それを見て、栄一も服は脱いだほうがいいだろうと、パジャマと下着を脱いだ。

下腹部のイチモツは彩香の裸身を目の当たりにして、ぐんと頭を擡げている。

彩香の視線が吸い寄せられるように、いきりたっているものに向けられて、釘付けになった。

その仕種《しぐさ》を見て、彩香は今、これが欲しいのだ。この硬く勃起しきったものを、体内に入れてほしいのだと強く感じた。それほどまでに追いつめられているのだ。

栄一も挿入したかった。しかし、相手は息子の嫁である。愛撫までならまだしも、挿入はマズいという強い禁忌《きんき》の思いがあった。

だから、その衝動を愛撫という方法にぶつけた。

彩香をそっとベッドに倒して、唇にキスをしようと思ったが、さすがにそれも浩平のことを思うとできなかった。

だが、口以外なら大丈夫だろう。

首すじにキスをして、ちゅっ、ちゅっとついばむと、

「んっ……あっ……」

彩香がかるく顔をのけぞらせた。

その所作が色っぽかった。こんなに艶かしい女を前にして勃たない浩平がある意味、可哀相《かわいそう》だった。

キスを胸へとおろしていく。

おそらくDカップだろう、理想的な大きさのふくらみは、上の直線的な斜面を下側の充実したふくらみが持ちあげた、とてもいい形をしていた。

とくに肌の色が抜けるように白く、実際に、幾重にも分かれた青い血管が透けだしていた。そして、乳首は見事なコーラルピンクで、硬貨大の乳輪から二段式にせりだしている。

そそられる乳首だった。

すぐには、乳首には行かずに、まずは周辺から攻めた。栄一ももう六十二歳。女性

の乳首が焦らすほどに感度が良くなることは、これまでの体験で知っていた。

柔らかくて、たわわな乳房を揉みながら、その感触を味わった。

(ああ、これがオッパイだったな)

もう長い間、女体に触れていなかった。そのせいもあるのか、まるで童貞だった頃のように、女体を新鮮に感じる。

周囲から徐々に中心に向かって、指を這わせていき、乳輪を円《まる》くなぞった。すると、乳輪が一気に粒立ってきて、まだ触れていないのに、乳首自体もしこりたってきた。

あまりにも女体がひさしぶりすぎて、気分は童貞だった。だが、テクニックは体験を積んだ老獪《ろうかい》な男のそれを維持している。

顔を寄せて、乳輪を舐めた。

乳輪と乳肌の境目を円く舌でなぞり、右回転、左回転と変化をつける。だが、乳首自体には触れないようにしている。

しっとりしてきた乳肌を揉みしだき、乳首に触れるかどうかのぎりぎりのところで乳輪を舐めていると、

「ぁああ、ぁああ、お義父さま……」

彩香が何かをねだるような、媚《こ》びたような目を向けてくる。

「どうした？」

わかっていて訊く。

「ぁああ、意地悪だわ。お義父さま、意地悪……」

彩香が下から潤んだ瞳で見あげてきた。

「どうしてほしいのかな？」

「ぁああ、わかっているくせに……じかに、じかにして……」

「してって、何を？」

「……舐めてください。わたしの乳首をじかに……触ってください。舐めてください
……ぁああ、お義父さま、焦らさないで。お願いします……早くぅ」

彩香がもう我慢できないとでもいうように、胸を押しつけてきた。

そこでようやく、栄一は乳首に舌を這わせる。

唾液を垂らして、そこを静かに舌でなぞりあげる。硬くせりだしている突起が上下に揺れて、擦られて、

「ぁあああ……」

彩香が感に堪《た》えないという声を伸ばして、顎をせりあげた。

そのまま尖《とが》っている乳首を上下に舌でなぞると、それだけで彩香は、「あっ、あっ」

と短く声をあげ、いっそう大きく顔をのけぞらせる。

「敏感だね、彩香さんは」

「そうですか？　浩平さんは感度が悪いと……」

「そんなはずはない。すごく感じやすいよ……心配しなくていい。あなたの感度は抜群だ」

そう言って、今度は乳首を舌で左右に撥《は》ねると、硬い突起が揺れて、
彩香は右手の甲を口に添えて、喘ぎを押し殺しながらも、びくん、びくんと細かく震える。

「あああ、ああああぅぅぅ」

唾液を塗り込めるように乳首を円を描くように舐めると、

「あああ……はぅぅぅ」

彩香は必死に喘ぎを抑えながらも、顔を左右に振る。

やはり、感度がいい。この状態を、浩平が彩香の感度が鈍《にぶ》いと言うなら、それはウソだ。あるいは、浩平の愛撫が下手すぎることも考えられる。

栄一は左右の乳首を一方は舌であやし、もう片方は指で捏ねる。それを交互につづけていると、彩香の下腹部がぐぐっ、ぐぐっと持ちあがった。

そこにも刺激が欲しいのだ。触って欲しいのだ。

そのくらいは長年の経験でわかる。

乳首を舌で転がしながら、右手をおろしていき、柔らかな翳りの底に触れた。すると、そこはすでに洪水状態で、ぬるっとしたものが指を濡らした。

「すごく濡れているね」

顔を見ると、

「いやっ……」

彩香が顔をそむけた。

「恥ずかしがる必要はない。これが、彩香さんの感度がいい証拠だ。あなたは女性として素晴らしい身体を持っている。自分を恥じる必要は一切ない。わかったね？」

「よかった。お義父さまのように経験を積んだ方にそうおっしゃっていただけると、自分に自信が持てます」

「そうだよ。こんな敏感な身体をしているのに……ほうら、こんなにぬるぬるだ。指がすべってしまう」

彩香の肉体の感度の良さがわかったのだから、もう試す必要などなかった。

だが、栄一も彩香もそれをわかっていながら、どちらも終わりにしようという気にはならなかった。

顔をおろしていくと、漆黒の台形の翳りが密生していた。濃い繊毛《せんもう》が流れ込むところに、女の証が息づいていた。ふっくらとしたいかにも具合の良さそうな陰唇がわずかにひろがって、赤い粘膜をのぞかせている。

栄一は足の間にしゃがんで、膝をすくいあげた。ぐいっと持ちあげて開かせ、花肉の合わせ目に舌を走らせると、ぬるぬるっとすべって、

「はうぅぅ……！」

彩香は鮮烈な声を洩らして、後ろ手に枕をつかんだ。

薄紅色の縁取りのある肉びらの狭間《はざま》を何度も舐めた。すると、ますます蜜があふれ、肉びらがひろがって、内部の粘膜がぬっと現れた。

複雑な構造を示す粘膜を押し広げるように丹念に舌を這わせると、

「ああ、あああうぅ……もう、もういけません。それ以上されると、わたしもう……」

彩香が喘ぐように言った。だが、栄一は聞かないふりをして、狭間から上方の肉芽へと舐めあげていく。

小さな肉芽を舌先でピンッと弾《はじ》くと、

「ぁあああ……！」

彩香が嬌声《きょうせい》を放って、がくんと震える。

こんなことをしてはいけない。自分はもう禁断の領域に踏み込んでいる。

（ダメだ。ダメだ……ああ、止められない！）

栄一はクリトリスの包皮を上から引っ張って剝《む》いた。つるっと現れた肉の宝石は珊《さん》瑚《ご》色にぬめ光り、おかめのような顔をしていた。

それを下からつるっと舐めあげると、

「あ、くっ……！」

彩香の身体が撥ねた。つづけざまに肉芽を攻める。

「あっ……あっ……あっ……」

彩香は過敏なほどに反応して、ブリッジするように足を踏ん張り、尻を持ちあげた。

クリトリスを吸った。

チューッと吸いあげると、「ぁあああ」と嬌声が放たれ、彩香はぐーんとのけぞった。

裸身を大きく弓なりに反らせて、その姿勢でぶるぶると震え、精根尽き果てたように腰をシーツに落とした。

（イッたのだろうか？）

栄一が様子を見ていると、彩香の腰がもどかしそうにくねりはじめた。まるで、もっとしてくださいとせがんでいるようだ。

栄一がふたたびクンニをすると、彩香は腰を切なげに揺らして、

「ぁああ、お義父さま……」

潤んだ目で、栄一を見あげてくる。その何かを訴えるような瞳がたまらなかった。

「それ以上されたら、欲しくなってしまう。だから、もういけません。いけません」

彩香は口ではそう言いながらも、物欲しげに腰をくねらせつづけている。

(彩香さんも本当は欲しくてしょうがないんだな)

その本能に駆られた性欲を感じると、股間のものがますます力を漲らせて、制御できなくなった。

顔をあげて、両膝をすくいあげていた。

猛《たけ》りたつものが頭を振った。

理性はどこかに吹き飛んでいた。いきりたちを押し込もうとしたとき、

「い、いけません。浩平さんのことを考えて！」

彩香に息子の名前を出されて、栄一はハッと我に返った。

(そうだ。俺は浩平の父親だ。息子の嫁をレイプまがいに犯したら……！)

動きが止まった。

「お義父さまもこのままではおつらいでしょうから、お口で……」

そう言って、彩香は栄一をベッドに仰向けに寝させると、足の間にしゃがんだ。そして、いきりたつものを頬張ってきた。

いきなり根元まで咥えられて、

「おお、くっ……！」

もたらされる悦びに、栄一は唸った。

温かい口に根元まですっぽりと頬張られてしまっている。分身全体を唾液まみれの口腔に包まれて、満足感がひろがった。

（おお、気持ちいい……この感覚を忘れていた。こんなに甘美なものだったんだな）

うっとりと目を閉じて、分身を頬張られる悦びを満喫した。

彩香がゆっくりと顔を振りはじめた。ぷにっとした柔らかいが張りのある唇が適度な締めつけ具合で、勃起しきった肉の柱をすべり動く。

「んっ、んっ、んっ……」

急にピッチが速くなり、素早く唇を往復されると、甘い痺れがどんどんさしせまったものに成長していく。

「ああ、彩香さん、気持ちいいよ。すごく気持ちいい……おおぅ、出してもいいんだね。口のなかに出すよ」

確認すると、彩香は咥えながら、こくんとうなずいた。

そして、しなやかな指で根元を握りしめ、ぎゅっ、ぎゅっと力強くしごかれる。それと同じリズムで、亀頭冠を中心に唇をすべらされると、熱い期待感がふくれあがってきた。

(出すのか？　俺は息子の嫁の口のなかに射精するのか？)

ためらいがあった。しかし、根元を勢いよく指でしごかれ、同時に、先端を「んっ、んっ、んっ……」とつづけざまに唇でしごかれ、吸われると、いつも射精前に感じるあの逼迫《ひっぱく》感が押し寄せてきた。

「ああ、出すぞ。いいんだね、出すよ！」

確認をすると、彩香がうなずいた。

そして、一気にリズムを速め、力強くしごきはじめた。

「んっ、んっ、んっ……！」

くぐもった声を洩らし、連続してしごきたてる。

かるく波打つ髪が激しく揺れ、顔も上下動している。

下を向いた乳房も波打ち、ハート形のヒップが持ちあがりながら、切なそうに揺れている。

(彩香さんも本当は欲しいんだ。あそこにこれをぶち込んでほしいんだ。それを我慢して、俺の精液を出そうと尽くしてくれている)

そう思うと、栄一はいっそう高まった。

彩香がスパートした。一生懸命に唇をすべらせ、指でしごいてくる。

「ああ、出るよ。出る……！　いいんだね？」

彩香がちらりと見あげて、目でうなずいた。熱い期待感がふくれあがって、堰《せき》が切れようとしている。

彩香がさらにしごくピッチをあげたとき、その瞬間がやってきた。

「おおぅ、出る……出るぞ……ぁあああ！」

吼《ほ》えながら、放っていた。

夢を見ているようだ。自分が自分ではなくなって、この射精が遠い世界で行われているような錯覚に陥《おちい》る。

そして、ドクッ、ドクッとあふれでる白濁した泉を、息子の嫁は、こくっ、こくっと呑んでいた。

第二章　お義父さまが欲しい

1

三日後の夜、あとは寝るだけの栄一が部屋のベッドでテレビを見ていると、ドアを静かにノックする音がした。

(うん、何だろう？)

頭をひねって、ドアを開けると、ガウンをはおった彩香が身体をすべり込ませてきた。

「どうした？」

「今、浩平さんにベッドを誘われました……お義父《とう》さまに。浩平さんがどういう状態なのかを知っていただきたいんです」

「いいけど……具体的には？」

「先日のように、隣の部屋からその……」

「覗いていいのか？」

「……はい」

「だけど、そんなことして、彩香さんは平気なのか？」

「平気じゃありません。でも、浩平さんの状態を知っていただきたいので」

彩香は、羞恥の色を浮かべて、栄一を見る。

その表情にドキッとした。

先日は夫婦の秘密を打ち明けられ、フェラチオされて、口内射精した。

翌朝、二人だけで朝食を摂《と》りながら、栄一はドキドキしていた。

それは、ここしばらく忘れていた胸のときめきであり、下腹部の疼《うず》きだった。

今もそれはつづき、彩香のそばを通るときには抱きついてしまいそうになる。

しかし、あの夜、彩香は『浩平さんのことを考えてください』と最後までは許してくれなかった。

今、考えると、彩香の取った行動は正しかった。あのとき、もし欲望に駆られて彩香に挿入していたら、浩平に合わす顔がなくなっていた。

そう思っていただけに、彩香の今回の提案には驚いた。

だが、考えてみたら、彩香が言うように、浩平の現状を知っておいたほうが、今後のことを考えるとベターだろう。

「わかった。浩平には気づかれないようにしないとな」

「ええ……この前みたいに、落ちないでくださいね」

「わかった」

夫に抱かれる前の彩香を、抱きしめたかった。しかし、その気持ちを必死に抑えた。

「では……」

彩香は静かに部屋を出ていく。

しばらく待ち、栄一もガウンをはおって、廊下に出た。

いくら、浩平の状態を確かめるためとはいえ、息子とその嫁のセックスを目の当たりにするのだから、気持ちは複雑である。

だが、彩香の言っている浩平の『妻だけＥＤ』が事実かどうかも、この目で確かめたかった。

栄一は物音を立てないようにして隣室に入り、この前、転落したことを反省して、今回は丸椅子ではなく、しっかりとした安定感のある椅子を壁際に運んで、慎重にあがった。

バランスを確かめて、高いところにある嵌め殺しの窓から隣室を覗くと――。

スタンドの明かりに男と女の姿が浮かびあがっていた。

浩平は仰向けに寝ころんで、そのはだけた胸板に彩香がキスをしていた。

その格好に驚いた。

彩香は赤いレースのシースルーのスリップのようなものを着ていた。

さっき部屋に来たとき、ガウンの下にはすでにこのエロチックなスリップを身につけていたのだろう。

しかも、彩香は仰臥《ぎょうが》した浩平に覆いかぶさるように胸板にキスをしているから、尻はこちらを向いている。

ほぼ真後ろの上から覗いている形で、ほの白いヒップがこちらに向かって突き出されていた。

すでにパンティは脱いでいるのだろう、丸々とした豊かな尻たぶとその谷間のセピア色のアヌスの窄まりと、その下に息づく女の谷間がはっきりと見えた。

こくっと、栄一は音がしないように生唾を呑む。

自分の息子とその嫁のベッドシーンを覗き見して、昂奮する自分はいったい何者なのか？　だが、実際に昂ってしまうのだからしょうがない。

浩平は頭の下に枕をして、彩香の様子を食い入るように見ているから、まず、栄一が見つかる心配はない。

彩香は胸板に舌を走らせながら、浩平の体を愛情込めて撫でさすっているのが見える。その右手がおりていって、下腹部のイチモツを触りはじめた。

こんな艶かしい衣装をつけた美人が、胸板を舐めながら、あそこを触ってくれているのだから、本来なら男のペニスはいきりたつはずだ。

しかし、どうも浩平の反応は鈍いようだ。

「もういいよ。焦れったいだけだ。胸はもういいから、あそこをしゃぶってくれ」

浩平が傲慢《ごうまん》に言って、

「ゴメンなさい」

彩香が謝って、身体を下半身のほうへとずらしていった。

(謝る必要はないのに……)

二人の日常を見ていても感じるのだが、二人は社内恋愛で、浩平が上司だった。そのときの上司、部下の関係を今でも引きずっているのか、時々、浩平は彩香を見下すような態度を取ることがある。

会社の花だったＯＬを日参して、口説き落とし、妻になってもらったのだから、もっと大切にしなければいけない。それなのに、浩平には彩香へのリスペクトの気持ちが感じられない。

父親として、息子の育て方に問題があったのかもしれない。この様子を見ていると、そう思ってしまう。

彩香は足の間にしゃがむときに、ちらっとこちらを見あげた。おそらく、栄一が覗いているかどうか、確認したかったのだろう。

目が一瞬合ったから、彩香には義父が隣室にいることがわかったはずだ。

普通なら、恥ずかしくて居たたまれないと思うのだが、彩香はおそらくそうは感じていない。むしろ、見られていることで安心するのではないか？

あるいは、義父に見られて昂るということがあるのか？

そのへんの女心はわからない。だが、それ以降、彩香の愛撫に力がこもっているように感じた。

彩香はいまだふにゃっとした肉の芋虫をつかんで、振った。すると、芋虫がしなりながらぺちぺちと腹や太腿に当たって、それがわずかに大きくなった。

肉の芋虫を、彩香が頬張った。

ゆったりと顔を振り、吐き出して、舐めた。それが硬くなってきたのを確認すると、彩香はまた頬張った。

今度はさっきより大きく速く顔を打ち振った。

「ああ、彩香、気持ちいいぞ。おおぅ、大きくなっただろ？」

浩平が嬉々として言い、彩香が咥えたままうなずいた。

（何だ？　勃起するじゃないか……『妻だけＥＤ』は事実じゃなかったのか？）

栄一は複雑な気持ちになった。

「んっ、んっ、んっ……」

彩香がここぞとばかりに激しく唇をすべらせた。

「おおぅ、今だ。入れてくれ！」

浩平が叫んだ。

それを聞いて彩香が顔をあげた。浩平のものは不完全ながら勃《た》っているように見えた。

彩香が下半身にまたがって、夫のイチモツを迎え入れようとした。

だが、そのわずかな間に柔らかくなってしまったのだろうか、彩香がふたたびそれをつかんで導き入れようとした。

腰を落としたものの、やはり挿入は叶《かな》わなかった。

この状態では無理だと判断したのか、彩香はまた肉棹《にくざお》を頬張った。ぐちゅぐちゅと唾音を立てて、それを大きくさせ、ふたたびまたがった。

今回もつながることはできなかったようで、

「もう、いい……！　やっぱり、無理だ。彩香に入れようとすると、ふにゃっとなってしまう。そこで、オナニーしてろ」

浩平はそう命じて、サイドテーブルに載っていたリモコンを持ち、操作をした。すると、テレビが点《つ》いて、映像と音が流れた。

テレビはこちら側に画面を向けて設置してあるので、栄一にもはっきりと見えた。

アダルトビデオだった。しかも、モザイクなしの本番映像だから、勃起した男のものが、足を開いている女の剝き出しの膣におさまって、出入りしているのがはっきりと見えた。

『あっ、あっ、あっ……』

と、喘いでいるのは、栄一も知っている有名なAV女優で、しっかりとした映像だから、おそらく無修正ものの流出ビデオだろう。

それを見ていた浩平が言った。

「ほらな。見てみろよ。ちゃんと勃つだろう？　彩香じゃなければ勃つんだよ」

そううそぶいて、浩平がいきりたちを握りしごきはじめた。

「彩香、しゃぶってくれよ。できそうだったら入れるから……何、ためらってるんだよ。俺がAV見てるのがいやなのか？　しょうがないだろ？　お前相手じゃ勃たないんだから。頼むよ。しゃぶってくれ」

彩香が可哀相すぎた。これほどの屈辱を与えられていて、従うことはない。

だが、彩香は浩平のことを愛しているのだろう。

胡座《あぐら》をかいて、本番ビデオを見ている浩平の前にしゃがんで、股間からそそりたっている肉柱にそっと唇をかぶせにいった。

それから、ゆったりと顔を打ち振る。

ひどい行為だと感じた。

アダルトビデオを見ながら、妻にフェラチオさせるなど、男の風上にもおけない卑劣な行為だ。

(彩香さん、怒ってもいいんだぞ。そんなこと拒否すればいいじゃないか！)

だが、彩香は文句ひとつ言わずに、一生懸命に夫のイチモツをしゃぶっている。

「ダメだ。やっぱり、お前のフェラじゃ、かえって逆効果だ。自分でしごくから、彩香はそこでこちらを向いて、股ひろげて、オナニーしろ。ちゃんとイクんだぞ。いいな？」

浩平が恐ろしいことを言って、フェラチオをやめさせた。

それから、彩香をテレビがある方向と同じ位置でベッドに座らせ、足を開かせ、オナニーするように命じた。

浩平は自分の指で分身をしごきながら、テレビ画面に映し出された本番ビデオをぎらぎらした目で見ているのだ。

ビデオを見る方向に、彩香も足を開いて、中心の花肉をいじっているから、浩平には両方見えるはずだ。

『あんっ、あんっ、あんっ……ぁあああ、イキそう……イクわ』

映像のなかのAV女優が喘いで、浩平もそれに合わせて、激しく屹立を握りしごいた。女優の絶頂に合わせて、自分も射精したいのだろう。

彩香も言われたように、指を膣に出し入れして、赤いレース越しに乳房を荒々しく揉みしだいている。

「おおぅ、出そうだ。彩香、こっちへ来てくれ。飛び散らないように、口で受けてくれ」

彩香が浩平に近づいていく。

『あっ、あっ、あっ……イクわ、イグ、イグ……はうぅ！』

テレビのなかで女優が大きくのけぞって、躍りあがった。次の瞬間、

「おおぅ、出る！　呑んでくれ！」

浩平が吼えて、彩香が顔を勃起に寄せるのと、ほぼ同時に白濁液が飛び散って、彩香がそれを口で受けた。

大半は口腔へと吸い込まれたが、残りの液体は顔面に飛び散って、その美貌をところどころ白く染めた。

これまで我慢してきた彩香でも、この屈辱的な行為には我慢ができなかったのだろう。そばにあったティッシュボックスからティッシュを数枚抜き取って、顔に付着した精液を拭き取ると、逃げるように部屋を出ていく。

その仕種に尋常でないものを感じて、栄一も物音を立てないように椅子を降り、部屋を出た。

2

栄一が一階に降りていくと、バスルームに閉じこもって、彩香が嗚咽《おえつ》をこぼしてい

た。肌色のシルエットの形で、彩香がうずくまって泣いているのがわかる。

「大丈夫か？」

心配になって、外から声をかけた。

「すみません、お義父さまにはひどいものを見せてしまいました。すみません……わたしは大丈夫ですから」

彩香はそう気丈なところを見せるが、内心はひどく落ち込んでいることだろう。

やがて、シャワーの音がして、彩香が立ちあがって、シャワーを浴びる肌色のシルエットが曇りガラスを通して、ぼんやりと見えた。

(可哀相に……)

浩平の取った行動はあまりにもひどすぎた。

いくら妻を相手に勃起しないという苛立《いらだ》ちがあるにせよ、妻以外の女の本番映像を見て自分でしごき、白濁液を妻の顔にかけるなど、絶対にやってはいけないことだ。

これほど、妻の人格を無視した蛮行をする息子を育ててしまった自分が、恥ずかしい。

謝りたかった。そして、彩香を抱きしめてあげたかった。

栄一も急いでパジャマと下着を脱いで、バスルームへ入っていく。

頭からシャワーを浴びていた彩香が、びっくりしたように栄一を見て、動きを止めた。

髪も顔も身体も濡れていた。それでも、目には涙が浮かんでいることがはっきりとわかった。

「申し訳ない。浩平があんなにひどいことをして。申し訳ない」

謝って、全裸の彩香を正面からぎゅっと抱きしめる。

「寒いでしょ……」

こんなときにも、彩香は栄一の体を心配して、温かいシャワーをかけてくれる。

「ありがとう……いいよ。そこにかけておけば……」

栄一はヘッドを頭上にあるフックにかけて、温かいシャワーを浴びながら、女体を抱きしめ、キスをした。

「い、いけませ……んんんっ」

顔をそむけて、突き放そうとした彩香を抱きしめて、栄一は唇を合わせる。

一瞬強い抵抗があったが、強く唇を重ねていくうちに抗《あらが》いがやんだ。

舌と舌がいつの間にか、からみあっていた。

栄一も上からのシャワーを浴び、頭から濡れて、水滴がしたたっている。そんななかで、濃厚なキスをつづけていくと、下腹部のものがいきりたった。

力強く脈打つものを触ってほしくなって、彩香の手をつかんで、股間に導いた。

鋭角にそそりたっているものに触れた指が、一瞬、退いていく。

が、すぐにまとわりついてきて、勃起を握りしめる。

シャワーを浴びながら、彩香は舌をからめ、いきりたちをしごきはじめた。

(ああ、最高だ！)

栄一はうっとりとその快感に身を任せた。

そのとき、彩香の身体が沈み込んでいった。

バスルームに突っ立っている栄一の前にしゃがみ、臍《へそ》に向かっている肉柱にちゅっ、ちゅっとキスを浴びせる。

悦びにひたりつつ、栄一はこれではしゃぶりにくいだろうと、シャワーを止めてやる。

すると、ひざまずいた彩香は、濡れた髪を絞って、水分を切った。一瞬の間が、栄一を不安にさせた。

「浩平は大丈夫か？」

「ええ……あの人は射精したら、すぐに寝て、朝まで起きません」

彩香は見あげて、確信を持って言う。

「そうか……なら、いい」

彩香がてらつく亀頭部に、ちゅっ、ちゅっとキスをした。唇でやさしくついばむようなキスを、たまらなく愛《いと》おしいものに感じてしまう。

ますますギンとしてきた肉柱を、彩香は上から頰張ってくる。ほぼ根元まで呑み込んで、なかでねろねろと舌をからめてくる。

よく動く舌が勃起の下側をなぞって、その動きが刺激となって、イチモツはさらに力強くいきりたった。

すると、それを感じたのだろう、彩香は先端を咥えて、じっと見あげてきた。その肉棹を半ば口におさめて、上目づかいに見つめる視線が愛らしかった。

彩香はチューーッとバキューームして、数度顔を打ち振った。

それから本体を吐き出して、勃起を腹に押しつけ、裏筋を下から舐めあげてきた。

ツーッ、ツーッとなめらかな肉片で敏感な筋をなぞられると、ぞわぞわっとした戦慄が押しあがってきた。

「ぁああ、気持ちいいよ。彩香さんは最高だ」

思いを口に出すと、彩香は裏筋に舌を伸ばしたまま、ちらりと見あげて、にこっとする。

うれしかったのだろう。それはそうだ。夫からあれほどの辱《はずかし》めを受ければ、どんな女性だって、自分に自信を失う。

そこを褒められて、いくばくかの自信を取り戻したのだろう。

そのお礼とばかりに、彩香は姿勢を低くして、睾丸を舐めてきた。

顔を斜めに傾けて、いっぱいに伸ばした舌で皺袋《しわぶくろ》を丁寧に舐めあげ、それを何度も繰り返す。

信じられなかった。

息子の嫁が、自分のキンタマを舐めてくれているのだ。

(こんなことまで……！)

深い愛情が湧いてきて、彩香のためなら何だってしてやるからな、と強く思った。

彩香は皺袋の皺を伸ばすかのように、丹念に舌を走らせながら、肉柱を右手で握ってしごいてくれる。

「ああ、気持ちいいよ。彩香さんにここまでしてもらえるなんて……」

心のうちを吐露すると、彩香は睾丸を舐めながら、ちらりと見あげてきた。

そして、睾丸から裏筋にかけてツーッと舐めあげ、そのまま上から本体に唇をかぶせてくる。

ふっくらとした唇をずずっと根元まですべらせ、そこから引きあげる。

何度も表面を往復させながら、右手で皺袋をやわやわとあやしてくれている。

さっき絞ったとはいえ、セミロングのウエーブヘアからはぽたぽたと水滴がしたたり、肌もコーティングされたようにぬめ光って、形よく円錐《えんすい》形にせりだした乳房の先が尖っている。

皺袋をあやしていた右手が、茎動を握りしめてくる。

そして、根元を力強くしごかれ、敏感な亀頭冠を唇と舌でリズミカルに擦られると、もう我慢できなくなった。

「彩香さんのなかに入りたい。あなたとつながりたいんだ」

懇願した。

彩香はちゅるっと吐き出し、栄一を見あげて言った。

「わたしも、今、これが欲しい。お義父さまのこれが欲しい……でも、今回だけですよ。それでもいいのなら……」

「いいよ、それで。先のことは考えていない。今、彩香さんを貫きたい。それだけだよ」

「わたしもそうです。同じ気持ちです」

「どうしようか……そうだな。湯船につかまって、こちらにお尻を……身体が冷えてしまうから、お湯も張っておこう」

栄一はリモンコのボタンを押して、お湯の抜かれているバスタブにお湯を溜める。

バスタブにお湯が湧きだしてくるのを見ながら、彩香は立ちあがって、両手を湯船の縁に突き、腰を後ろに突き出してきた。

栄一は後ろにしゃがんで、膣口を舐める。

そこはすでに女の蜜をたたえていて、ぬるっ、ぬるっと舌がすべり、舌を這わせるにつれ、肉びらが左右にひろがって、赤い粘膜の露出が多くなり、鮮やかに色づいたサーモンピンクが目に飛び込んでくる。

「あっ……ぁああ、気持ちいい……」

彩香はくなっと腰をよじって、心から感じているという声をあげる。

狭間を舐め、クリトリスを舌で転がすと、彩香の腰の動きが大きくなり、

「あああ、もう、ください……我慢できない。お義父さま、お願い……ください」

彩香が訴えてくる。

イチモツにいっそう力が漲るのを感じて、栄一は立ちあがった。

ほの白くテカる肉感的な尻の底に息づいているものに切っ先を押し当てて、慎重に沈めていく。

禍々《まがまが》しい亀頭部が窮屈な入口を押し広げていく確かな感触があって、

「はうぅぅ……！」

彩香が縁をつかむ指に力を込めて、のけぞり返った。

栄一も「くっ」と奥歯をくいしばる。

温かい。そして、キツキツだ。蕩《とろ》けるような吸いつきも感じられる。

（ああ、女性のなかはこんなにも気持ちいいものだったのか……）

栄一はひさしぶりに味わう女性器の素晴らしさに感動して、ひたすらじっとして、もたらされる快感を満喫した。

すると、焦れたように彩香が自分から腰をつかいはじめた。

両手でバスタブにつかまりながら、身体全体を前後させて、屹立を深いところに導き、

「あっ……あっ……」

と、喘ぎ声を洩らす。

「気持ちいいんだね？」

「はい……気持ちいい。ほんとうに、ひさしぶりなんです。これが欲しかった。ずっと欲しかった……ぁああ、お義父さまも突いてください。お願いします」

彩香が訴えてくる。

栄一も静かに腰をつかう。

両手で尻を引き寄せながら、腰を突き出すと、いきりたちが奥へと嵌まり込んでいき、

「あうぅぅ……！」

彩香は声を押し殺して、顔をのけぞらせる。

押し込んだままじっとしていると、粘膜がひくひくとうごめいて、分身を奥へ、奥へと引きずり込もうとする。

「おおぅ、すごいな……吸い込まれるようだよ」

耳打ちすると、

「気持ちいいんです。お義父さまのこれが硬くて、長くて……だから、わたし……ぁああ、もっと」

彩香がせがんでくる。

「よし、もっと突いてやる」

栄一は腰をつかみ寄せて、後ろからの立ちマンで、ぐいぐいとえぐりたてる。

自分でも驚くくらいにギンとした分身が、とても窮屈で蕩けた粘膜を擦りあげながら、子宮へと届き、それがいいのか、

「あんっ……あんっ……ダメ。声が出てしまぅ」

彩香は右手で口を押さえる。

栄一は背中に覆いかぶさるようにして、乳房をとらえて揉んだ。

むっちりと万遍なく張りつめているものの、総じて柔らかな弾力を持つ乳肌を揉みしだき、中心の突起に指が触れると、

「んっ……！」

彩香が呻き、膣がぎゅんとシンボルを締めつけてくる。

(そうか……挿入中に乳首をいじると、オマ×コが締まるんだな)

硬くなっている乳首を転がしながら、屹立で奥を捏ねた。

「ぁああ、これ……くっ、くっ……ぁああうぅ」

そう喘ぐ彩香の膣がうごめきながら、勃起を締めつけてくる。

ゆったりと抜き差しをしながら、両方の乳首を攻めると、彩香は乳首が強い性感帯なのだろう、

「もう、もうダメっ……あっ……あっ……」

彩香はなぜか爪先立ちになって、がくがくと膝を落とす。

栄一は後ろからしがみつくようにして、強弱をつけて突く。

浅瀬を速いピッチで抜き差しすると、

「ぁあああ、いいの……」

彩香はもどかしそうに自分も腰をつかって、深いところへの挿入をおねだりしてくる。

(そうか……やっぱり、奥が感じるんだな)

ウエストをつかみ寄せて、強く叩き込むと、乾いた音が撥ねて、

「んっ……んっ……んっ……！」

彩香は乳房を揺らしながら、必死に喘ぎ声をこらえていた。

栄一がここぞとばかりにつづけざまに突くと、

「あんっ、あんっ、あんっ……」

声をあげて、大きく喘いだ。

すぐに、いけないとばかりに右手で口をふさぐ。それでも、栄一がたてつづけにえぐり込むと、こらえきれない喘ぎが迸《ほとばし》る。

その頃には、膝がぷるぷる震えて、全身に痙攣《けいれん》の波が走っていた。

(すごい感じようだ。イクのか？　もうイクのか？)

そのとき、彩香が右手を後ろに差し出してきた。

(こうしてほしいんだろうな)

栄一はその前腕をつかんで、後ろに引っ張った。そうやって、身体が打ち込みの衝撃から逃げられないようにして、強く腰を打ち据える。

パチン、パチンと乾いた音がして、

「あっ……あっ……ぁああ、すごい。お義父さま、イキそう……イキます」

彩香がさしせまった声をあげて、「あっ、あっ、あっ」と声をあげる。

「いいんだよ、イッていいんだぞ。そうら……」

栄一は無我夢中で腰をつかった。

息子にひどいことをされた彩香に、極楽を味わってもらいたかった。息子の代わりに義父の男根で昇りつめてほしかった。

栄一はまだ出そうにもなかった。やはり、もし浩平が突然現れたらという警戒心があるのだ。しかし、彩香にはイッてほしい。

「そうら、イキなさい」

彩香の右腕をつかんで後ろに引っ張り、スパートした。

ぐいっ、ぐいっ、ぐいっと奥まで届かせたとき、

「ぁあああ、お義父さま……イク、イク、イキますぅぅぁあああぁぁぁぁぁ……はうっ！」

彩香は大きくのけぞって、がくん、がくんと震えた。

同時に、膣が栄一の勃起を締めつけてきて、栄一はその歓喜に酔いしれた。

3

二人はバスタブにつかっていた。

この家を建てる際に、亡妻がバスタブはひろいほうがいいと言うので、二人が入れる大きめの浴槽にしてある。

今も、栄一はバスタブに背中をつける格好で足を開いて座り、その前に、彩香が背中を見せ、同じ方向を向いて、お湯につかっている。

二人はついに一線を超えてしまった。

だが、不思議に強い罪悪感はないし、どこか、これはしょうがなかったことだとい

う思いがある。

「浩平は眠っているようだね」

「ええ……浩平さんは一度眠ったら、朝まで起きませんから」

「羨《うらや》ましいよ。俺なんか、眠りが浅くて、夜中に何度も目が覚めて、二度寝をする」

「浩平さんは今、仕事が忙しいので、疲れているんだと思います」

「そうだな。それに較べて俺は仕事していないから、昼間にエネルギーを消費していないからな」

「その分、ここがお元気なんですね」

彩香が右手を後ろにまわして、自分の腰を突いているものを握った。

「お義父さまのここは、いつもお元気で、パワフルだわ」

「そうでもないけど……彩香さんの前だと、急に元気になる」

後ろから言うと、彩香がイチモツをつかむ指に力を込めて、ゆっくりと擦る。すると、分身がいっそう力を漲らせて、指のなかで一段とギンとしてきた。

淫靡《いんび》な雰囲気になって、栄一も後ろから手をまわし込んで、乳房をとらえた。

お湯に半ばつかったふくらみは温かく、柔らかくて、揉み甲斐がある。

彩香を後ろから抱えるようにして、乳房を揉んでいると、すごく気持ちが落ち着くし、リラックスできる。

自分は彩香と波長が合うのだろうか？　もしかしたら、彩香も同じことを感じているのではないか？

彩香の濡れた髪に触れながら、ふくらみの中心をつまんだ。

いまだ硬いままの乳首を左右にねじると、

「んっ……あっ……んっ」

彩香は必死に喘ぎを押し殺して、湧きあがる快感をぶつけるように、栄一の勃起をお湯のなかで握りしめる。

その抑えようとしても洩れてしまう喘ぎと、切なげな身悶えが、栄一の下腹部にふたたび火をつけた。

いつの間にか、彩香を感じさせようと乳首を捏ね、転がしていた。

そして、その愛撫に応えるように彩香はもどかしげに腰をくねらせ、握りしめた肉柱に腰を擦りつけてくる。

「また入れたくなった。いいか？」

耳元で囁くと、彩香がうなずいた。

彩香はバスタブで立ちあがり、方向転換して栄一のほうを向き、栄一をまたぐ形で腰を落とした。

お湯のなかでいきりたつものを導き、切っ先をぬかるみに擦りつけ、そこから沈み込んでくる。

お湯より熱いものに分身が嵌まり込んでいく感触があって、

「はうぅぅ……！」

彩香はのけぞりながら、栄一にしがみついてきた。

栄一も彩香の裸身を抱きしめる。

今、二人は向かい合う形でひとつになっている。その悦びと膣のうごめきが、栄一を有頂天にさせる。

「ぁああ、お義父さま……わたしたち、いけないことをしている」

耳元でそう囁きながらも、彩香は腰を揺すりはじめる。

「そうだな。二人はいけないことをしている。だけど、心から自分を責めているわけじゃない。彩香さんは浩平にひどいことをされた。浩平はこのくらいの報《むく》いを受けて当然だ。浩平が悪い。彩香さんは悪くない。しかも、浩平は不倫をしているんだろ？悪いのは、浩平だ。そう思えばいい。彩香さんは悪くない」

そう言って、キスをせまると、彩香も唇を合わせてくる。

舌を差し込んでみた。すると、彩香は湧きあがるものをぶつけるように情熱的に舌を吸い、からめる。

お湯のなかで、彩香の腰が前後に動いて、いきりたつものを擦りながら揉み込んできて、その悦びに栄一は唸る。

キスできなくなったのか、彩香は顔を離して、両手を栄一の肩に置いた。

そうやって距離を置き、動きやすくして、彩香は腰を激しく前後に揺すった。

栄一のイチモツは膣のなかで揉み込まれ、お湯の表面がちゃぷ、ちゃぷと波打った。

「ああ、気持ちいい。最高だ」

思わず言うと、

「お義父さま、わたしもです」

彩香もとろんとした顔で言う。

栄一は目の前の乳房をつかんで、感触を味わうように揉みしだき、乳首を捏ねた。

すると、乳首が強い性感帯の彩香は、

「ああ、それ……弱いんです。へんになる。へんになってしまう……」

いっそう激しく腰を揺する。

よく締まる膣がぎゅんぎゅんと肉棹を包み込み、内へ内へと手繰《たぐ》り寄せる。

そうなると、栄一も放ちたくなった。

「動きたいんだ。後ろからしよう」

言うと、彩香は結合を外して立ちあがり、湯船の縁をつかんで後ろを向いて、尻を突き出してきた。

抜いたばかりの肉柱は蜜にまみれて、そそりたっている。

先日までは排尿器官に堕《だ》していたペニスが、今はこれほどまでに雄々しくいきりたっている。栄一はそれを誇らしく感じた。

お湯のしたたる尻の底に屹立を押しつけた。慎重に腰を入れると、切っ先が熱い祠《ほこら》に埋まり込んでいって、

「はうぅぅ……！」

彩香が背中を弓なりに反らせる。

(ああ、これだった。俺はこの感覚を忘れていた……！)

栄一はうねりあがるオスとしての悦びをパワーに変えて、彩香を後ろから突いた。

もうテクニックなど関係なかった。今は自分も射精したい。

腰を引き寄せ、のけぞるようにして思い切り叩き込んだ。下腹部と尻がぶちあたるパチン、パチンという音がバスルームに響き、

「あんっ……あんっ……あんっ……」

そこに、彩香の喘ぎが混ざる。

そのとき、彩香が右手を後ろに差し出してきた。こうしてほしいのだろうと、その前腕をつかみ、後ろに引きながら、屹立を叩き込んだ。

切っ先が奥まで届いて、それが感じるのか、彩香の様子が切羽詰まってきた。

「あんっ、あんっ……ぁああ、お義父さま、恥ずかしい。わたし、また、イキます」

彩香が訴えてくる。

「いいぞ、イキなさい。俺も出そうなんだ。外に出すからな」

「中出ししてもかまいません。今日は安全な日ですから」

彩香が言う。

「しかしな……」

「ください。わたし、お義父さまの精子を浴びたい。もう、長い間、精子をいただいていないんです。だから、ください」

「いいんだな？」

「はい……欲しい」

「そうら……」

栄一も理性を失っていた。精液を女性の体内に浴びせるなどいつ以来だろうか？

これこそが、男の本能だろう。

「行くぞ。そうら」

栄一は射精覚悟で激しく打ち込んだ。

息が切れかけている。肉体が悲鳴をあげている。だが、それ以上に男液を彩香の体内に放ちたいという欲望が強かった。

（どうなったって、かまうものか……死んだっていい！）

本当にそう思った。

立ち込めた湯けむりで、なかは湿度が高い。打ち込むたびにお湯が波打って、バスタブから外に飛び出しかけている。

打ち据えた尻が赤く染まって、ほの白い肌も今はもうピンクに染まっていた。

栄一はラストスパートした。つづけざまに打ち据えると、

「あんっ、あんっ、あんっ……イキます。イク、イク……」

「そうら、出すぞ！」

丹田《たんでん》に力を込めて、叩きつけたとき、

「……イクぅ……うは！」

彩香ががくんと頭を後ろに反らして、のけぞり返った。

絶頂の痙攣をするのを感じて、駄目押しとばかりに奥まで打ち込んだとき、栄一にも至福の瞬間が訪れた。

熱い男液がしぶいて、体中を甘美な戦慄が走る。

とてもこれが現実だとは思えない峻烈《しゅんれつ》な快感で、脳味噌までもがぐずぐずになる。

打ち終えたときは、自分が空っぽになったようだった。

躍りあがっていた彩香が、操り人形の糸が切れたように、がくがくっとなってお湯にしゃがみ込む。

栄一もお湯につかって、震える彩香を後ろからぎゅっと抱きしめた。

第三章　しっぽり二人旅

1

その日、栄一は彩香とともに新宿から特急に乗って、信州のS温泉郷に向かっていた。

松本駅まで特急で行って、在来線に乗り換え、最後はバスで一時間走ったところに、S温泉郷がある。

北アルプスの裾野にある昔からの温泉郷で、十軒ほどの温泉宿がある以外は、温泉地ならではのにぎわいはなく、乳白色の質の高い温泉をゆっくりと味わうための温泉郷だった。

その温泉郷になぜ二人で向かっているのかと言うと……。

じつは元々は、栄一が浩平と彩香の関係を修復するために計画した旅行だった。

あの夜、栄一は息子の嫁である彩香と肉体関係を持ってしまった。

栄一にとっては最良の日であり、自分が男であることを思い出させてくれた。

その後も、彩香にそれとなく打診したものの、彩香は「あれはあのときだけだと言ったはずです」と身体を許そうとはしなかった。

やはり、何だかんだ言いながらも、彩香は浩平に戻ってきてほしいのだと思った。

それだけ、浩平のことを愛しているのだと。

父親としてみたら、嫁がそれだけ息子を愛してくれているのだから、浩平の『妻だけED』を解消してやりたかった。

そう思って、若夫婦に一泊二日の温泉旅行をプレゼントした。

浩平はびっくりしていたが、そのときは、

『オヤジ、ありがとう。彩香と温泉でゆっくりしてくるよ』

と、喜んでいるようだった。

しかし、出発の三日前になって、いきなり、

『オヤジ、悪いな。急な仕事が入って、行けなくなった。旅行、今さらキャンセルするのももったいないから、彩香と行ったらいいよ。このままじゃあ、彩香も可哀相だしな。同じ部屋に泊まることになるから、オヤジと彩香がそれでもよければの話だけ

ど、どうする?』

浩平にいきなり言われて、栄一は戸惑いながら、彩香を見た。

すると、彩香は同じ部屋でもかまわないから、温泉に行きたいと言った。

そういうことならばと、浩平も義父と嫁の旅行を認め、今、二人は旅路についている。

二人席の窓際に座った彩香は、特急列車が東京を離れるにつれて、少しずつ身体を接するようになった。

そして、外が雪景色に変わる頃には、栄一の腕にぴったりと胸を擦りつけるようにしていた。

栄一がS温泉への夫婦での旅を提唱して、それを浩平が受け入れたとき、おそらく、彩香は期待感を抱いた。日常から離れた旅の宿ならば、浩平も変わるかもしれないと。

だが、直前になって、浩平はキャンセルしてきた。

仕事だとは言っているが、おそらく、彩香はそれを信じていない。どうせまた、田中美月という不倫相手と一夜を過ごすのだろう、そう考えているに違いない。

わずかに抱いていた希望を打ち砕かれて、今、彩香は傷心している。同時に、栄一に頼ってきている。

「膝が冷えますね。コートを膝掛けに使っていいですか？」

彩香が訊いてきた。栄一がうなずくと、彩香は自分が着てきた暖かそうなクリーム色のコートを自分と栄一の膝にかけた。

「暖かいでしょ？」

「ああ、確かに暖かいね」

言うと、彩香が身体を密着させてきた。

そのとき、彩香の右手が膝掛け替わりのコートの下で、ズボンの股間に伸びてきた。

エッと驚きつつ、周囲を見まわしたが、通路を隔てたシートに人は座っていないので、その行為を見とがめる者はいなかった。

それにたとえ見られたとしても、膝掛け替わりのコートの下で何が行われているのかは、はっきりとはわからないだろう。

彩香はすっきりとした清楚系の美人である。

この清楚な女性が、明らかに三十歳は離れているだろう隣の男の股間を車内でいじっているなど、誰が想像できよう？

それでも、誰かが後ろから歩いてきたら、たとえば車掌が来たら、そこが動いていることを不審に思うだろう。

栄一はそれをふせごうと、読んでいた大判の旅行ガイドのページを開いて、股間に伏せて置いた。これで、まずわからないはずだ。

彩香もその意図がわかったのだろう、大胆に触りはじめた。

しなやかな指でズボンの股間を撫でられて、イチモツが一気に力を漲らせる。

三角になった部分をさすり、さらに握ってくる。

布地ごと握られ、静かにしごかれると、誰かに見つかったらどうしようという不安を超えた、陶酔するような快感がうねりあがってきた。

彩香の指が勃起したそれの先に触れると、ジンとした痺れに似た戦慄が走る。亀頭冠のエッジの部分をかるく擦られると、すべての理性が飛びそうになる。

我を忘れそうになったとき、前から乗客が通路を歩いてきたので、栄一はとっさに左手で彩香の右腕が伸びてきているところを隠した。

中年女性はおそらく何も気づかずに、キャリーバッグを転がして通路を通りすぎていった。

すぐにまた、しなやかな指が股間の勃起をさすったり、握ったりしてくる。

彩香が昂っているのは、彼女の息づかいが徐々に荒くなっていることでわかる。

次の停車駅まではまだ時間があるはずだ。

栄一は周囲を警戒しながらも、ズボンのファスナーをおろして、ブリーフのクロッチから強引に勃起を取り出した。

カチカチになっているので苦労したが、どうにかしてズボンの開口部から、分身を外へと引っ張りだすことができた。

鋭角にいきりたっているものが、彩香のコートを突きあげているのがわかる。先端が厚手のコートのすべすべした裏地に触れている。

彩香の右手を導くと、しなやかな指がおずおずと握りしめてきた。

一瞬、ひんやりしたが、やがて、指の温度があがり、その指が静かに上下に動きはじめる。

（ああ、気持ちいい……！）

ひろがってくる快感に負けて、栄一は目をつむる。

すると、その指の動きや繊細な感触がいっそう伝わってくる。

何だか夢を見ているようだ。

息子の嫁が自分のマラを電車のなかで、しごいてくれているのだ。

彩香は時々ちらちらと周囲を見ながら、栄一に胸を押しつけるようにして、コートの内側で、じかに肉柱を指であやしている。

そのとき、彩香が栄一の耳元で囁いた。

「お義父《とう》さまも触ってほしい」

本当にいいのかという意味を込めて、彩香を見ると、彼女はこくんとうなずいた。

彩香は自分の左隣にいるので、右手を使うのはあまりにも不自然だ。しょうがないので、左手をコートのなかへと忍び込ませる。

彩香は膝丈のスカートを穿いているので、まずはスカート越しに太腿を撫でた。スカートの素材がパンティストッキングですべって、そのなめらかなすべり具合がとても感触がいい。

さすっていると、彩香は感じるのか、顔を伏せて、足を開いた。

そして、栄一の肉棹を握る指に力を込める。

栄一は快感に酔いながらも、スカートをずりあげていき、その奥へと左手を差し込んだ。パンティストッキングに包まれた太腿の内側に手が触れて、

「んっ……！」

彩香は洩れそうになる声を押し殺して、いやいやをするように首を振った。

だが、さっき彩香は自分から触ってほしいと言った。したがって、これはポーズでしかない。

内太腿をさすりあげていき、奥の股間へと指を張りつかせると、一瞬、彩香は左右の太腿を閉じて、ぎゅうとよじり合わせた。

栄一はかまわず指先で恥肉にパンティストッキング越しに触れた。わずかに柔らかく沈み込む感触があって、そこをこちょこちょとくすぐるようにさすると、

「んっ、んんんっ……」

彩香は左手を口に当てて、必死に喘ぎ声を押し殺す。

しばらくそのまま柔肉を擦りつづけるうちに、閉じていた太腿がひろがっていき、彩香はついには九十度ほどにも足を開いた。

(ああ、こんなに大きく足をひろげて……！　彩香さんは普段は理性的で淑《しと》やかだけど、いざとなると変わる。いきなり、大胆で奔放になる)

栄一は夢中でそこをいじった。

指でなぞりあげていると、そこは柔らかさを増して、ぐにゃりと沈み込むようになり、気のせいか幾分湿ってきたような気がする。

そして、彩香はうつむいて、左手を口に当てて、必死に喘ぎを押し殺している。

明らかに湿ってきた部分の上のほうにある突起を指先で円を描くように捏ねながら、濡れているだろう谷間を指でなぞってやる。

すると、彩香の腰が少しずつ揺れはじめた。

「んんっ……うっ……うん」

と、くぐもった声を洩らしながら、恥丘をせりあげてきた。

まるでもっと触ってと言わんばかりに、そこを指に擦りつけては、

「ぁあうぅぅ……」

顔をのけぞらせて、左手で必死に声を押し殺す。

そうしながら、彩香は時々思い出したように、右手で屹立を握りしごいてくる。

しなやかな指がじかに亀頭冠に触れるたびに、甘美な電流が走った。

栄一は実際に咥えてほしくなった。今ここでフェラチオされたら、どんなに気持ちいいだろう。

ここの電車には、トイレがついている。トイレに彩香を連れていって、そこでセックスできないだろうか？

だが、あまりにも危険すぎる。誰かに見つかって、車掌にでも通報されたら、その段階で二人の人生は終わる。

無理だ。しかし、このままでは終われない。

栄一が精液を発射することはできない。絶対に匂ってしまうだろう。

しかし、彩香が気を遣《や》ることはできる。女性がひそかにイッても、おそらく誰も気づかない。そして、彩香はとても感受性が豊かだから、パンティストッキング越しの愛撫でも気を遣るだろう。

栄一はさっきよりずっと濡れてきたパンティストッキングのクロッチをなぞりあげ、上方の肉芽に狙いを定めた。

パンティストッキングとパンティの上からでも、クリトリスが勃起して、大きくなっているのがわかる。

そこを指先でトン、トン、トンッと連続して叩いた。

「うあ、あっ、あっ……」

彩香は手を口に添えて、必死に喘ぎを嚙み殺した。それでも、下腹部はもっとしてとばかりにせりあがってくる。

美しい横顔が苦悩とも快感ともつかない表情でゆがみ、すっきりした眉が八の字に折れていた。美しく懊悩する顔の向こうに、雪で真っ白になったアルプスの山々がくっきりと見える。

「彩香さん、いいんだよ。イッて……誰にもわからない。いいんだよ、気を遣っても」

耳元で囁いて、コートとスカートの下の指先で肉芽をくりくりと転がしたとき、

「んっ……！」

彩香は小さく呻いて、顔をのけぞらせ、がくんがくんと躍りあがった。

気を遣っているのは、栄一の分身を握る指に力がこもっていることでわかる。

やがて、絶頂の波が去ったのか、彩香はぐったりして肩に顔を預けてきた。

2

午後三時過ぎに宿に到着した二人は、部屋に案内された。

和室と洋間の二室に分かれていて、広縁のある窓からは、旅館の庭にある大きな松の木が雪吊りされているのが見えた。

雪の多い地帯だから、枝が折れないように枝をロープで吊っているのだ。中心から放射状にひろがっている、開きかけた傘のような形をした無数のロープと雪で白くなった枝が織りなす形が美しい。

雪吊りされた松の向こうに、雪の積もった山の中腹が見える。

完全な雪国とは言えないが、全体が適度に白くなっているその墨絵のような景色が、栄一の気持ちを癒してくれる。

仲居《なかい》が去っていき、二人は和室の座卓の前に座って、お茶を飲む。

電車での痴態の余韻が残っていて、今すぐ彩香をベッドに押し倒したいという欲望と、いやここはまず温泉につかってからという理性がせめぎ合った。

せっかく温泉地に来たのだから、ここはまず温泉につかってゆっくりしてからだろう。それに、この温泉地にはこれという温泉街がない。遊興する場所ではなく、温泉に入ってゆっくりと寛《くつろ》ぐところなのだ。

栄一がここの旅館の宿泊を息子夫婦にプレゼントしたのは、何もないところで、つまり逃げ場のないところで、二人で向かい合ってほしかったからだ。

それも、浩平のドタキャンで踏みにじられたのだが。

まずは温泉に入ることを提案すると、

「そうですね。ここの温泉は『三日入れば、三年間風邪をひかない』と言いますものね。わたしは初めてだから、ゆっくりとつかりたいです」

彩香がにこっとする。

「そうだね。俺は二度目なんだが、とにかくお湯の質が素晴らしい。この乳白色のお湯は味わっておいたほうがいい」

「わかりました。行きましょう」

彩香が腰をあげ、二人は浴衣《ゆかた》に着替えて、地下一階にある大浴場に向かった。

浴衣に袢纏《はんてん》をはおり、タオルなどのセットを袋に入れて肩を並べて歩くと、まるで恋人と一緒に歩いているようで気持ちが弾《はず》んだ。

外を見ると、雪が舞っていた。

建物の軒先に数メートルはあろうかという鋭い氷柱《つらら》が無数に垂れさがっていて、この地方の寒さを伝えてくる。

「すごい氷柱だわ。ひさしぶりに見ました、尖っていて、怖いくらい。あんなのが落ちてきたら、きっと身体を貫かれてしまうでしょうね」

彩香が身体を寄せて、栄一の腕をぎゅっとつかんできた。

「そうだね。あの下には絶対に行ってはダメだから」

「わかりました」

「雪が舞ってきたね。雪見露天ができそうだ。ここは、貸切風呂があるんだけど、空いていたら、一緒に入るか？」

「いいですね。お義父さまと一緒に雪見露天ができたら、最高だわ」

「じゃあ、風呂からあがったら、取っておくよ。空いていればいいんだが……」

二人は氷柱の見える場所から離れ、男湯と女湯に分かれる。

栄一は乳白色のお湯を内湯と外湯で愉《たの》しんだ。

硫化水素泉と呼ばれるお湯で、最初は無色透明なのだが、時間が経過するにつれて、硫化水素の酸化によって、白く濁ってくる。

わずかに硫化水素の香りがするが、湯質はさらさらでいかにも肌によさそうで、なおかつ体の底から温まる。

温泉としては一級品である。

栄一はお湯からあがって、そのままカウンターで貸切風呂の状況を訊いた。午後九時から空いているというので、その時間を予約した。

三階の部屋で寛いでいると、彩香が戻ってきた。

午後九時から貸切風呂の予約が取れたことを告げると、彩香は喜んだ。

まだ四時半、六時半からの夕食には時間があった。

二人は窓際の広縁にある籐《とう》椅子のセットに向かい合う形で座って、外の景色を眺める。

外は急速に暗くなり、雪吊りされた松はライトアップされて、その向こうには白くなった山の斜面がほの白く浮びあがっている。

そして、正面には浴衣に袢纏をはおった彩香が籐椅子にゆったりと座って、外を見ている。

かるくウエーブした髪がその楚々とした横顔にかかり、その少し憂《うれ》いを帯びた表情が悩ましい。

栄一は席を立って、向かいの籐椅子に座っている彩香の前にしゃがんだ。

「何ですか、お義父さま？」

彩香が不思議そうに、小首を傾《かし》げた。

「もう我慢できないんだ」

見あげて言って、栄一は浴衣に包まれた太腿に顔を擦りつける。

「いけません。まだ……」

「もう限界なんだ。彩香さんは、電車のなかで俺のあそこを触ってきた。あのときから、もうこうしたくてしょうがなかった。彩香さんだって、浩平がこの旅をキャンセルしたときから、こうなることを願っていたはずだ」

幾何学模様の浴衣の前を一枚、また一枚とめくると、色白のむっちりとした太腿が姿を現した。

どうやらパンティは穿いていないようだった。

「こうなることを予想して、下着をつけなかったんだね？」

「……」

彩香は無言である。それが、肯定の言葉に思えた。

「寒くない？」

「はい」

「きれいな太腿だ。少し開いてくれるか？」

彩香が足をひろげ、栄一は片方の太腿の内側にキスをして、さらに、舌を這わせた。

すべすべの肌をツーッ、ツーッと舐めあげると、

「ああうぅ……いや、お義父さま……それ、ダメです……あっ、はうぅぅ」

彩香は顎をせりあげて、内太腿をぷるぷる震わせる。

温泉につかったせいで、肌はすべすべでなめらかさを増し、わずかに硫黄《いおう》に似た匂いがする。少ししょっぱく感じるのは、温泉自体が塩分を含んでいるからだろう。

見あげると、太腿の付け根に濃い陰毛が台形に密生していた。

とても密度が濃く生えており、ビロードのようにつやつやだ。

栄一は彩香の腰を前に出させて、恥毛が流れ込むところに舌を這わせた。

陰毛に隠れるように息づいている花園は全体がふっくらとして、陰唇もふくよかで、蘇芳《すおう》色の縁が波打っている。だが、中心の赤い粘膜はぬめ光っていて、そこはすでに

あさましいほどに姿をのぞかせていた。

(彩香さんは日常では楚々としているのに、肉欲は強い。もしかしたら、彩香さんの性欲が強すぎて、浩平はたじたじとなってしまい、勃《た》たないのかもしれないな)

だが、自分なら彩香を満たすことができる。

六十二歳の男が何を血迷ったことをと言われるかもしれない。しかし、自分なら彩香の性に太刀《たち》打ちできるという根拠のない自信のようなものがある。

彩香の足を片方肘掛けにかけて、開かせた。

すると、彩香は自分でもう一方の足を反対側の肘掛けにかけた。

ものすごい光景だった。

浴衣がはだけて、左右のむっちりとした太腿がM字に開き、その中心に漆黒の翳りとともに、女の恥肉がぬめぬめと光っている。

そして、彩香は自分のしていることが信じられないとでも言うように顔を左右に振りながらも、その淫らな姿勢を崩そうとはしない。

昂奮に駆られて、栄一は狭間を舐めた。

ゆっくりと舌を這わせ、その勢いのまま上方の肉芽を弾くと、

「あんっ……!」

びくっとして、彩香は手の甲を口に添えた。

外に聞こえるはずはないのだが、やはり、旅の宿で喘ぎ声を放つことが怖いのだろう。

だが、栄一がつづけざまに粘膜を舐めあげるうちに、彩香はもっととでも言うように下腹部をせりあげて、舌に擦りつけてくる。

狭間を何度も舐め、上方の肉芽を舌で弾き、吸う。

吐き出して、また舌で転がしながら、膣口を指でいじった。

それをつづけていると、彩香はもうどうしていいのかわからないといった様子で、恥肉を擦りつけてくる。

その頃には、栄一の分身は一本芯が通ったようにいきりたっていた。

栄一が立ちあがって、浴衣の股間に彩香の手を持っていくと、

「ここに座ってください」

彩香は立ちあがって、自分の替わりに栄一を籐椅子に座らせた。

自分は前にしゃがんで、栄一の浴衣をはだける。足を開いて座った栄一の股間から浅黒い屹立がそそりたち、それを見て、

「ああ、すごい」

彩香は驚嘆の声をあげて、それを握ってきた。

おずおずとその硬さや長さを確かめるように指で触れて、

「あああ……お義父さまのここ、いつも硬いわ。浩平さんとは全然違う」

彩香はイチモツを指でなぞり、頭部を手のひらでさすりまわした。

「おおぅ、気持ちいいよ。彩香さんの指は本当に気持ちいい」

思わず言うと、彩香が上から唾を垂らした。

ツーッと垂れ落ちた唾液が亀頭部に落ちて、それを彩香は指で塗り伸ばすようにして亀頭冠になすりつける。

(彩香さんは想像以上のテクニシャンなんだな)

傍から見ていただけではわからないことが、こうして実際に体験すると、如実にわかる。

彩香は静かに唇を開いて、いきりたちを頬張ってきた。

途中まで咥えて、右手で根元を握り込み、ゆったりとしごく。その上下動に合わせて、顔を打ち振る。

すると、指と唇が絶妙なハーモニーを奏《かな》で、イチモツがますます力を漲らせた。

そして、下腹部が熱くなるような快感が急速にうねりあがってくる。

「おおぅ、気持ちいいよ。彩香さんは本当にフェラが上手ぃ」

褒めると、彩香は先端を頬張ったままちらりと見あげて、はにかんだ。

それから、睾丸を下から持ちあげるようにして、あやしてくる。

根元を握りしごき、それと同じリズムで唇を往復させながら、皺袋を静かに持ちあげる。我慢できなくなった。

「彩香さんのなかに入りたい。それを入れたい。いいか？」

言うと、彩香は上目づかいに見て、目でうなずいた。

栄一は彩香を立ちあがらせて、洋室のベッドに連れていく。ツインベッドの片方に彩香を座らせて、袢纏を脱がせた。

自分も袢纏を脱いで、彩香をそっとベッドに寝かせる。

波打つ黒髪を白い枕に扇状《おうぎ》に散らして、じっと栄一を見あげる彩香は、楚々としていて色っぽい。

彩香が息子の嫁でなくとも、ただの男女として出会っても、自分はこの女に惚れていただろう。

髪を撫でながら上から唇を寄せると、彩香もキスに応えてくれる。

ふっくらとした柔らかな唇を吸い、舌を差し込むと、ねっとりとした舌がそれを迎え撃つようにからんできて、舌と舌がダンスを躍り、それにつれて、彩香の手が栄一を撫でさすってくる。

栄一もたまらなくなって、浴衣越しに乳房を揉みしだく。指に感じる胸のふくらみの弾力が気持ちいい。

唇へのキスを終えて、首すじにキスをしながら顔をおろしていく。

浴衣の上から胸を揉みしだくと、

「ぁああ、お義父さま、気持ちいい……ぁあぅぅ」

と、彩香が身悶えをする。

3

栄一は浴衣をつかんで、袖《そで》から腕を抜かせ、ぐいと押しさげる。もろ肌脱ぎになって、浴衣が腰までさがり、美しい乳房が転げ出てきた。

抜けるように白い乳房が形よく盛りあがり、直線的な上の斜面を下側の充実したふくらみが持ちあげている。

Dカップくらいのちょうどいい乳房である。

赤子に授乳した経験がないせいか、乳首も乳輪も濃いピンクで、乳首と全体のバランスがいい。

「ぁあぁ、素晴らしい胸だ。こんなきれいなオッパイは見たことがない。自慢していいぞ。きれいだ。すごく……」

栄一はおずおずとふくらみをつかんで、やわやわと揉む。

柔らかいが、押し返してくる弾力も豊かで、何より肌がすべすべしている。青い血管が透け出ており、これ以上の官能的な乳房があるとは思えなかった。

顔を寄せて、乳首を舐めた。

下から上へといっぱいに出した舌でなぞりあげると、

「あん……！」

彩香の洩らした喘ぎがひどく艶かしかった。

乳房を揉みしだきながら、突起を舌で上下左右に刺激すると、彩香はあえかな声を洩らして、胸をよじり、太腿をよじり合わせる。

美しく、感度のいい乳房をじっくりとかわいがり、乳首を舐めた。

そうしながら、もう片方の乳首を指でつまんで転がす。それをつづけているうちに、彩香はもっとしてとばかりに両腕を頭上にあげて、右手で左の手首をつかんだ。

きっとこうしてほしいのだろう。

栄一は乳首を舐めていた舌を横へとずらしていき、あらわになっている腋《わき》にキスをする。

きれいに剃毛《ていもう》されている腋の下にちゅっ、ちゅっとキスを浴びせ、ツーッと舐めあげる。

「あ、いやっ……！」

彩香はびくっとして、腋を閉じようとした。その肘をつかんで、押しあげる。

ふたたび露出した腋にちろちろと舌を這わせた。

「ああ、いけません……お義父さま、そんなところを舐めてはいやです。いけません……ああ、いけま……ぁあああうぅぅ」

途中で、彩香の様子が変わった。

後ろ手に枕をつかみ、快楽の色を眉間に浮かべ、

「ぁああ……ぁあああ」

と、喘ぎを長く伸ばす。

栄一はそのまま二の腕へと舐めあげていき、同時に乳房を揉みしだいた。

するとそれがいいのか、彩香はいっそう喘いで、身悶えをする。

（そうか……彩香さんは若干マゾ的なところがあるんだな。恥ずかしいほどに燃えるのかもしれない。考えたら、先日、浩平とのセックスを覗かせたのも、そういう理由があったのかもしれない）

栄一は納得しつつ、二の腕からふたたび腋の下へと舌をおろし、そこから、脇腹を舐めおろしていく。

肌の薄い脇腹を舌でなぞると、それだけで、彩香は「あっ……あっ……」と身体を震わせる。

だが、ウエストから下には、浴衣がまとわりついている。

栄一は腰ひもを外して、抜き取る。

はらりと浴衣の前が開き、そのまま浴衣をシーツ代わりにして、その上に彩香を仰向けに寝かせた。

手足はすらりと長く、肌は三十歳にしては若々しく張りつめている。それでも、全体には適度に肉がついていて、そのむっちりとした肉感が熟れはじめた女の色気をたたえていた。

栄一は足を開かせて、その間にしゃがみ、枕を腰の下に入れて、クンニしやすいようにする。

持ちあがった花肉が濃い翳りの底で、とろとろの蜜をこぼしていた。

そこにしゃぶりついて、狭間を上下に舐めると、

「ぁああ、いやです。お義父さま……恥ずかしい。それ、もう……恥ずかしくて……ぁあああ、あうぅぅ」

彩香は口では恥ずかしいと言いながらも、下腹部をぐぐ、ぐぐっとせりだして、恥肉を擦りつけてくる。

そこはすでにぐちゃぐちゃで、いちじるしく濡れそぼっており、栄一の口元も濡れてしまう。

足を開かせて、上方の肉芽まで舌を届かせた。

包皮を剥いて、じかに珊瑚色の突起を舐める。上下に揺すって、左右に撥ねると、

「ぁああ、あああ……お義父さま、気持ちいい。そこ、感じます。ぁあああ、もっとして……ぁああ、そうです……くうぅぅ」

栄一が突起を吸うと、それがいいのか、彩香は下腹部をせりあげ、擦りつけては、がくん、がくんと震える。

彩香をもっと感じさせたくなって、指を使う。

とろとろの蜜をこぼしている膣口に中指を添えると、ぬるっとすべり込んでいって、

「はうぅ……！」

彩香が顎を突きあげた。

挿入した途端に、とろとろの粘膜がうごめきながら中指を締めつけてくる。

細い指でさえこれほどに強烈に締めてくるのだから、本体を入れたら、あっと言う間に果ててしまうだろう。

中指をゆっくりと抽送《ちゅうそう》させると、なかから白濁した蜜があふれだして、たらっと会陰《えいん》へと垂れ落ちる。それを見ながら、顔を寄せて、クリトリスを舐めた。

包皮から飛び出したおかめの顔をした突起を舌で上下左右に擦りあげると、

「ぁあああ、はうぅぅ……」

彩香は腰をよじりながら、心から感じているという声をあげる。

「彩香さん、気持ちいいんだね？」

わかっていて訊く。

「はい……お義父さま、気持ちいい……お義父さまだとすごく感じるんです。どうして？　どうしてですか？」

「……どうしてかな。きっと身体の相性がいいんだろう。いいんだよ。感じてくれて。もっともっと感じてほしい」

栄一は見あげて言う。

見事に盛りあがった二つの乳房と先の乳首が見え、その向こうにのけぞった顎がある。

ふと、自分たちは旅先で禁断の行為をしている、決して越えてはいけない一線を越えてしまっているのだという思いがせりあがってきた。

だが、そんなことは最初からわかっていた。

二人で旅に出たら、禁断の領域に踏み込んでしまうことは予想できた。それは彩香もわかっていて、この旅を承諾したのだ。

濃い翳りを感じながらクリトリスを舐め、中指で膣口を抜き差ししていると、彩香はぐぐっと下腹部をせりあげて、

「ぁああ、お義父さま……欲しい。お義父さまのあれが欲しい」

羞恥を見せながらも、おねだりしてくる。

栄一もひとつにつながりたくて、もう一刻も我慢できない。

腰枕を外して、彩香の足をすくいあげた。

いきりたっているものを花芯に添えて、静かに擦りあげる。ぬるっ、ぬるっと先端がすべって、そのまま窪地へと押し込んでいく。

亀頭部がとても狭い入口を突破していくと、あとはスムーズに嵌まり込んでいって、切っ先を奥まで届かせたとき、

「はうぅぅ……！」

彩香はシーツと化した浴衣をつかんで、大きくのけぞった。

「おおぅ、すごい……締まってくる。たまらんよ。くうぅ！」

と、栄一も奥歯を食いしばらなければいけなかった。

ちょっと気を抜いたら、あっと言う間に放ってしまいそうだった。それほどに、息子の嫁の膣は具合が良かった。

先日はバスルームでの慌ただしい交わりだったので、彩香の体内も万全ではなかったのだろう。だが、今回じっくりと交わったとき、彩香の女性器の素晴らしさをはっきりと感じられた。

両膝の裏をつかんで、腹に押しつけるようにして開く。すると、自分でも驚くほどに雄々しくいきりたつものが、翳りの底に半分以上嵌まり込んでいるのが、はっきりと見えた。

両膝の裏をつかんで、ゆっくりと抽送する。

Oの字に開いた膣口が、抜き差しされる肉の塔にからみついている。

そして、彩香は後ろ手に枕をつかんで、乳房と腋の下をさらす格好で、

「ぁああ、あああああ……」

と、陶酔した声を洩らし、顎をせりあげる。

ストロークするたびに、粘膜が分身にからみつき、うごめくようにして締めつけてくるのがはっきりとわかる。

そして、彩香は後ろ手に枕をつかみ、乳房や腋をさらす無防備な格好で、喜悦の声を洩らしている。

もっと強く打ち込みたいという気持ちを抑え、足を離して、覆いかぶさっていく。

顔を寄せて、唇を奪った。キスをすると、彩香は自分から舌をからめてくる。

舌を吸いながら、栄一の背中を抱き寄せる。

その行為に、本来、彩香が身体の奥に秘めている強烈な性の迸りを感じた。

キスをやめて、乳房を揉んだ。

荒々しく揉みしだきながら、屹立を抜き差しした。

すると、彩香は足をM字に開いて、屹立を深いところに導き入れて、栄一にしがみつきながら、

「ぁああ、いいの……わたし、お義父さまの前だとどんどん淫らになってしまう。恥

ずかしい……でも、いいの。すごくいいの……ぁああ、ちょうだい。彩香はいけないことをしているでしょ？　いけない彩香を罰して。メチャクチャにしてください」

彩香がとろんとした目で哀願してきた。

（やはりな……）

彩香の持つM性を確信して、栄一は力強く勃起を打ち込んでいく。

片手で荒々しく乳房を揉みしだき、尖っている乳首を転がした。そうしながら、激しく腰を叩きつける。

「あんっ……！　あんっ……！　あんっ……！」

彩香は華《はな》やかな喘ぎを放ちながら、両手を頭上でつないでいた。

（自分をさらけだすことで、何かが吹っ切れるんだな）

栄一はふたたび上体を立てて、彩香の膝の裏をつかんで押し広げた。その体勢で、上から打ちおろし、途中からしゃくりあげる。

こうすると、亀頭冠がGスポットを擦りながら奥にまで進入して、子宮口を捏ねることができる。

かつて元気がいい頃の栄一の得意な体位だった。それを今、この歳でできている。

そのことに満足感を覚えながら、突き刺していく。

打ちおろして、途中からすくいあげる。

こうすると、自分も高まる。そして、男が気持ちいいときはだいたい女性も気持ちいいものだ。

それを繰り返していると、彩香の気配が逼迫してきた。ついには、

「あんっ……あんん……あんっ……気持ちいい。もっと、もっと激しく彩香をいじめてください。ぁあああ、突き刺して。お臍まで貫き通して」

彩香が眉を八の字に折って、訴えてくる。

栄一は期待に応えてやりたかった。

彩香の足を左右の肩にかけて、その状態でぐいと前屈した。

すると、彩香の身体が腰のところで鋭く曲がって、栄一の顔が彩香の顔のほぼ真上までできた。

栄一は両手をシーツに突いて、ぐっと体重を前にかける。

すると、勃起が深々と突き刺さり、子宮口を押して、

「ぁああ、苦しい……お義父さま、苦しい……」

彩香が眉根を寄せて、訴えてくる。その苦痛とも快感ともつかぬ激しい顔のゆがみを見て、栄一はひどく昂奮した。

昂った気持ちを載せて、上から打ちおろした。

まるで餅つきの杵《きね》が臼《うす》を打ち砕くかのように激しく叩き込み、これも途中からしゃくりあげるようにして、膣の底を捏ねあげる。

それをつづけていくうちに、栄一も高まった。

奥のほうにある扁桃腺《へんとうせん》のようにふくらんだ部分がまったりとからみついてきて、そこを捏ねるうちに、射精前に感じるあの熱い高揚感がひろがってきた。

六十歳に近づくにつれて、女体のなかで射精することが難しくなっていた。それなのに、彩香が相手だと、中出しができるのだ。

栄一は奥歯を食いしばって、打ち据えた。

ぐさっ、ぐさっとイチモツが彩香の体内深く突き刺さっていき、

「ぁあああ……許して……もう、許してください……ぁあああうぅぅ、あんっ、あんっ、あっ……」

許してと言いながらも、最後には喘ぎ声を放つ彩香。

そんな彩香に、栄一はひどく昂った。

「許さないぞ。イクまで許さないぞ……そうら」

栄一がたてつづけに打ち込むと、切っ先が窮屈な肉の道をこじ開けていき、奥を思

い切り捏ねて、

「あんっ、あんっ、あんっ……！」

彩香はもうここが旅先の旅館であることも忘れてしまったようで、華やかな声を連続して放った。

深々と貫くたびに、彩香は少しずつ上へとずりあがっていく。

栄一は腰をつかんで引き戻し、また打ち据える。

されるがままの彩香に、栄一は一段と昂る。

ますますギンとしたイチモツで上から打ちおろして、すくいあげる。それを繰り返していると、栄一もいよいよさしせまってきた。

「おおぅ、出そうだ。いいか、出していいか？」

言うと、

「はい……出して。大丈夫ですよ。ピルを飲んでいますから。だから、ください。お義父さまの精子をいっぱいください」

彩香が下から潤んだ瞳で見あげてくる。

「いくぞ。出すぞ……」

栄一は思い切り打ち込んだ。

「あんっ……！　あ　あんっ……！　ぁあああんんん！」

彩香の放つ喘ぎが加速度的に激しいものになり、両手でシーツを握りしめる。扇状に散った黒髪が千々に乱れ、その中心にある美貌も今はもうくしゃくしゃにゆがんでいる。

そして、極限状態を迎えた彩香の様子を目の当たりにすると、栄一も一気に高まった。

「おおぅ、彩香さん……いくぞ。出すぞ……」

「ああ、ください……お義父さまの精子が欲しい。わたしもイク……イク、イク、いっちゃう……いやぁあああああぁぁぁぁぁぁ！」

彩香が大きくのけぞった。

気を遣るのを感じて、栄一は駄目押しの一撃を叩き込む。奥まで届かせたとき、熱い男液がしぶいた。

そして、義父の精液を浴びながら、彩香はがくん、がくんと躍りあがっていた。

4

その後、夕食で凝った会席料理を食べた。とくに、ここの源泉を使ったシンプルな温泉粥《がゆ》が抜群に美味しかった。余計なものをそぎ落としたあとに残る究極のシンプルご飯だった。

二人は夕食を摂りながら、この地方の地酒を呑んだ。

夕食の種類も量もほどよく、二人は満足して、部屋に戻った。

午後九時からの貸切風呂まではまだ時間がある。

「少し休むから、その時間になったら起こしてくれ」

栄一はそう言って、ベッドの布団に潜った。

すると、彩香も同じベッドに身体をすべり込ませてきた。

「今しちゃうと、もうできないぞ」

栄一は冗談めかして言う。

「大丈夫ですよ。今はしませんから。ただ、こうしていたいだけ」

仰臥している栄一の右隣に横臥して、彩香は身を寄せてくる。

栄一が腕を伸ばすと、腕枕の形で頭を乗せて、栄一のほうを向いて横になる。その手が浴衣越しに胸板をなぞってくる。

「ダメだって……」

「ゴメンなさい。いいんです、してくれなくても……ただ、こうして休んでいたいだけですから」

「わかった。本当に何もしないからな」

「ええ、そのほうがいいんです。こうしていると、すごく気持ちが安らぐんです。幸せだわ。いい温泉に入って、美味しい日本酒を呑みながら美味しい料理を食べて……これ以上の幸せってないような気がする」

彩香が心からそう言っているのがわかったので、栄一もこの温泉に来た甲斐があったと思った。

栄一も六年前に妻を癌で亡くしてから、人生を前向きに歩めなかった。部長として、頭打ちを感じていたこともあった。

そして、会社をやめて、まだ六十二歳で第二の人生に踏み出すべきときに、その一歩を踏み出せないでいた。

とくに女性に関しては、早々と終わってしまったと感じていた。

だからこそ、息子の嫁との情事は禁断でありながらも、自分を救ってくれた。若い頃の情熱を取り戻したようだった。

むろん、自分が絶対にしてはいけないことをしているという罪悪感はある。しかし、それは想像していたよりははるかに小さいものだった。たぶんそれは、浩平があまりにも非道なことをしているからだろう。

（俺は、むしろ彩香を救ってあげている）

そう思うことによって、自分の欲望を正当化していた。

「女の人と、こうやっていっしょに寝るなんて、いつ以来かな？　ひさしぶりすぎて覚えてないよ」

気持ちを伝えると、彩香は無言でぎゅっと抱きついてくる。

「いいんですよ。お義父さまもお疲れでしょう。しばらく休みましょう」

「ああ、そうしよう」

酔っていたこともあって、栄一はしばらく眠った。

どのくらいの時間が経過したのか、

「お義父さま……お義父さま……そろそろ貸切風呂の時間ですよ」

彩香の声で目が覚めた。

すでに彩香はベッドを出て、用意をしていた。

栄一もベッドを降りようとして、驚いた。股間のものがいきりたっていたからだ。俗に言う朝勃ちで、もうひさしく経験していないことだった。

「彩香さん、すごいよ。朝勃ちしてるぞ」

言うと、彩香も浴衣を突きあげたふくらみを見て、目を丸くした。

栄一は勃起を何とかおさめて、二人で貸切風呂に向かった。

貸切風呂の名前を確認し、札を裏返して、入り、鍵をかけた。

設備の整った脱衣所で、二人は袢纏と浴衣を脱ぐ。彩香が髪を結う間に、栄一は先に風呂に入った。

内風呂と外風呂があって、外を見てみると、半分露天風呂になっていて、隙間から舞い落ちてくる白い雪と夜空が見えた。

まずは、内風呂でかけ湯をして、木の湯船につかった。

ようやく彩香も洗い場に入ってきて、カランでかけ湯をする。その姿を横から見ることになって、栄一は昂りを隠せない。

彩香は桶《おけ》に汲んだお湯を肩からかけて、最後に股間を手で洗う。

片膝を立てているので、肝心なところは見えない。しかし、横から見る乳房の形が美しすぎた。

直線的な上の斜面を下側の充実したふくらみが持ちあげていて、乳首はやや上についており、しかも、ツンと上を向いている。

その驕慢《きょうまん》な横乳を眺めているだけで、いったんおさまっていた勃起がはじまり、イチモツが力を漲らせる。

だが、お湯が半透明で白濁しているので、お湯のなかははっきりと見えない。

かけ湯を終えた彩香が胸から下にタオルを垂らして、お湯に入ってきた。

濡れないように髪を後ろで団子に結っていて、その楚々としたうなじが悩ましい。

彩香は栄一のすぐ隣に腰をおろして、お湯につかる。

白い濁り湯がその肌を隠した。しかし、湯船が浅いので、乳房は半ば見えていて、その丸々としたふくらみの頂点が濁り湯の境目で見え隠れし、男心をくすぐる。

「やっぱり、いいお湯だね」

欲望を押し隠して言う。

「はい、本当にそう思います。適度に匂いもあるし、さらさらで浸かっていると気持ちがいいですね。すごく温まります」

「そうだな。それに、この微妙に見えないところが男心をかきたてる」

「いやだわ、お義父さまったら……」

彩香がお湯のなかで、栄一の太腿に手を置く。

その手をつかんで、股間へと導く。栄一のそこがいきりたっているのを知って、

「もう、お義父さまったら……」

彩香が艶かしく微笑んだ。

「しょうがないよ。言っただろ？　あなたを見ると、ここがすぐに元気になる」

「もう……でも、うれしいわ。それだけ、わたしを女として認めてくださっているってことですものね」

彩香はそう言って、お湯のなかで勃起を握って、ゆったりとしごく。

「ああ、気持ちいいよ」

「ああ、わたしも……お義父さまのおチンチンに触っているだけで、すごく落ち着くし、ドキドキしてくるんです」

「ドキドキしてくるの？」

「ええ、ここが……」

彩香は栄一の手をつかんで、左の胸のふくらみに導いた。

「ここが、ドキドキするの？」

栄一は乳房を揉みながら、訊く。

「ええ……」

栄一がぎゅっと胸のふくらみをつかむと、

「ああん……！」

彩香は鋭く喘いで、屹立を握る指に力を込めた。

温泉のお湯でつるつるした乳房を揉みしだき、乳首を捏ねると、

「ああ、あうぅぅ……」

彩香は声を洩らしながら、栄一の肉棹を強く握りしごく。

白濁したお湯でなかは見えない。しかし、表面が波立って、それでいかに激しく手を動かしているかがわかる。

捏ねているうちに、乳首はギンと硬くなり、カチンカチンの突起を指で転がすと、

「ああ、もう、もうダメっ……」

彩香は腰をくねらせて、物欲しそうな顔をした。

「悪いが、しゃぶってくれないか？」

頼むと、彩香はこくんとうなずいた。

硫化水素が凝固して白くなっている湯船の縁に座り、その前に彩香がしゃがんだ。

いきりたつものに顔を寄せて、かるく舐めて、

「ふふっ、しょっぱいわ」

見あげて微笑む。

「ああ、やっぱり……あんまりしょっぱいなら、無理しなくていいぞ」

「大丈夫。少ししょっぱいだけですから」

見あげて微笑み、彩香が頬張ってきた。

ギンとしたものに唇をかぶせて、途中まで頬張り、ゆったりと顔を振る。

鋭角にそそりたつものに、ふくよかな唇がまとわりつき、それがすべると、甘い陶酔感がひろがってくる。

頬張りながら、彩香は睾丸をあやす。

お湯に垂れている皺袋を下から持ちあげながら、唇をすべらせる。

白い湯けむりがあがる内湯で、彩香の肌が艶かしくぬめ光っている。

往復運動に徐々にスピードが乗り、根元から先端にかけて大きく唇を往復されると、彩香のなかに入りたくなった。

「ありがとう、あなたのなかに入りたい」

思いを伝えると、彩香は湯船の縁につかまって、腰を後ろに突き出してくる。

白い光沢を放つ尻がお湯でコーティングされて、艶かしい。

ぷりっとした尻たぶの底に、女の証がわずかに口をひろげていた。

挿入する前に、舐めてみた。確かにしょっぱいが、耐えられないほどではない。陰唇の合わさっている谷間に舌を走らせると、肉びらが開いて、鮮紅色の内部が顔をのぞかせて、

「ぁあああ、お義父さま、もう欲しい」

彩香がせがんでくる。

栄一は立ちあがって、いきりたつものを花園に押し当てて、慎重に沈めていく。亀頭部がとても窮屈な膣口を突破していく確かな感触があって、

「はうぅぅ……！」

彩香が背中を弓なりに反らせた。

「おおぅ、熱い。なかが燃えてるみたいだ」

「ぁああ、お義父さま……お義父さまのおチンチンも熱い。硬いし、長い……ぁああ、すごい……奥に当たってるんです」

彩香がさしせまった様子で言う。

「うれしいよ。そんなこと言われたのは、彩香さんが初めてだ。きっと相性がいいん

だろうね。彩香さんが家に入ってきてくれてよかった。息子の嫁でなければ、俺が貰っているよ、きっと」

「ぁああ、うれしい……わたしもお義父さまのお嫁さんになりたかった」

「彩香……！」

ついに名前を呼び捨てにして、栄一はぐいぐいとえぐり込んだ。

貸切風呂の内風呂は、湯気や熱気がこもっていて、むんむんとしたなかで腰をつかうと、心も体ものぼせてきた。

かまわず叩き込むと、

「あんっ、あんっ、あん……ぁああ、お義父さま、恥ずかしい。もう、もうイッちゃう！」

彩香が訴えてきた。

「いいぞ。イキなさい。何度でもイケばいいんだ。そうら」

お湯のしたたる尻に向かって下腹部をぶち当てると、パチン、パチンと乾いた音がして、

「あんっ、あんっ……ぁああ、イキます……うあっ！」

彩香はのけぞってから、精根尽き果てたようにお湯に身体を沈めた。

だが、栄一はまだ放っていない。

彩香の回復を待って、誘ってみた。

「どうだ、外湯に行ってみるか？」

「ええ、はい……雪見露天はしてみたいわ」

「じゃあ、行こう」

二人は外湯に出て、すぐにお湯につかる。

岩風呂で周囲を板の塀で覆われているが、上の方が開いていて、そこから、雪を抱いた山々の斜面や、夜空を舞い落ちてくる雪が見える。

下側に見えている近くの熊笹はほとんどが雪に覆われているが、緑もところどころ見えている。

栄一は後ろから彩香を抱きしめて、外を見あげる。

「まさに雪見露天だな」

「ええ、雪見露天ってじつはこれが初めてなんですよ」

「そうなのか？」

「ええ……こうしていると、雪が舞い落ちてくるのがよく見える。きれいだわ。大自然のなかに溶け込んでいくみたい」

「そうだな。裸で雪のなかを走り回りたくなる。寒くなったら、温泉に飛び込めばいい」

「そうですね」

「あなたのようないい女と雪見露天ができるとは、俺は最高の果報者だよ」

「わたしもですよ。お義父さまだから、リラックスしていられるんだわ」

「……もう一度しないか？」

「はい……わたしもそう思っていました」

「どうする？」

「じゃあ、わたしがまたぎますね」

岩を背に湯船につかっている栄一と向かい合う形で、彩香がまたがってきた。お湯のなかでいきりたつものをつかんで導き、慎重に沈み込んでくる。

屹立が体内を押し割っていき、

「うあっ……！」

彩香は低く呻いて、しがみついてくる。

お湯のなかで、彩香の膣がうごめいて、栄一のものを内へ内へと手繰り寄せようとする。

「たまらない……吸い込まれるようだ」

「ぁああ、お義父さまのここ、気持ちいい。本当に気持ちいいの……ぁああ、ああ、はうぅぅぅ」

彩香はもうじっとしていられないといった様子で、腰を激しく前後に揺すり、ぎゅっとしがみついてくる。

「おおぅ、気持ちいいぞ。なかが締まってくる。吸い込まれそうだ」

「ぁああ、お義父さま、わたし、へんです。お義父さまとすると、すぐに気持ち良くなってしまう。へんなの。へんなの……」

そう言って、彩香はますます大きく激しく腰を振りたくる。

「ぁああ、俺も、俺も出そうだよ」

栄一は目の前の乳房を荒々しく揉み込んで、乳首を捏ねる。そうしながら、下からぐいぐいと撥ねあげてやると、彩香の様子が逼迫してきた。

「あんっ、あんっ、あんっ……ぁああ、イキます。お義父さま、わたし、またイッちゃう……イッていいですか？」

「ああ、いいぞ。俺も出すぞ。いいな？」

「はい……ください。お義父さまの精子が欲しい。いっぱい欲しい。ぁああ、あああああああ、イキます……！」

彩香は露天風呂の表面が波立つほどに激しく腰を振った。

負けじと腰を撥ねあげたとき、栄一にも至福の瞬間が訪れた。

「うおおお、出る！」

駄目押しとばかりに腰を突きあげる。

「イキます……いやぁあああぁぁ、くっ！」

彩香は絶頂の声をあげ、目の前でがくん、がくんと躍りあがった。

そして、栄一は舞い落ちる雪を見ながら、めくるめく射精の悦びに身を任せていた。

第四章　若き愛人の肉体

1

その夜、栄一は居酒屋の個室で、田中美月が現れるのを待っていた。

美月は浩平の愛人であり、浩平の部下である。

そんな女性となぜ栄一が逢おうとしているのかというと、これには理由がある。

S温泉郷への旅で、彩香は栄一に抱かれて、幾度となく昇りつめた。

それはまさに、二人が愛し合った瞬間だった。

だが、帰宅すると、彩香は栄一を拒むようになった。

『あれは旅のなかでのこと。でも、帰ってくると、日常なんです。ここでは、わたしはお義父《とう》さまに抱かれることはできない。お義父さまを心から慕っています。でも、浩平さんのことも嫌いになれないんです』

そう言って、彩香は抱かせてくれなくなった。

それ以上に、浩平が田中美月と逢っていることに懊悩するようになり、見ていられなくなった。

そこで、栄一は田中美月と逢って、彼女に息子との不倫をやめるように言い聞かせることを考えた。

そして、彩香にかつての会社仲間から、美月の連絡先を聞いてもらい、

『内山浩平の父の栄一だが、あなたと話がある。逢ってもらえないか？』

と、美月に電話して、ＯＫをもらったのだ。

もちろん、このことは浩平には内緒にしている。

栄一がビールを一本頼んで、ちびちび呑んでいると、一目で浩平の若い愛人だとわかる女が仲居に案内されて、個室に入ってきた。

中肉中背で、かわいい顔をしているのに巨乳で、放たれているオーラがとにかく華やかだった。

（わたしを見て。きれいでしょ？　見ていいのよ。いや、見なくちゃダメ……）

本人は意識しているのかどうかはわからないが、そんなオーラがただよっている。

「内山課長のお父さまでいらっしゃいますか？」

美月が丁寧に言った。

「ええ、内山栄一と申します。今日はすみませんね、急に呼び出して」

「いいんですよ。気になさらないでください。わたしも、課長のお父さまってどんな方なのか、すごく興味があったので。よろしいですか？」

美月が対面の座椅子を見た。

「ああ、どうぞ。お座りになってください」

美月はチャーミングに微笑み、席につく。

短いスカートを穿いていたので、座るときにむっちりとした太腿の内側がわずかにのぞいて、その若くピチピチした太腿にドキッとした。

伸縮性のあるニットが上半身に張りつき、そのたわわすぎる胸の形をくっきりと浮かびあがらせている。

顔はアイドル系で、巨乳。そして、このオーラ。

浩平がこの女に惹かれた理由がわかったような気がした。わかりやすくエロいのだ。

それはちょっと難しいところのある彩香と反比例している。

栄一は店員を呼んで、生ビールと適当な料理を頼んだ。

そして、生ビールが来る前に、座椅子から離れて、美月の前で深々と頭をさげた。

「田中美月さん、本当に申し訳ないが、浩平と別れてくれ。頼みます。このとおりだ！」

栄一は二十五歳の若い女、しかも息子の不倫相手の前で、土下座をした。

「頼みます。別れてやってください」

ふたたび言って、額を畳に擦りつける。

「いやだわ、お父さん、顔をあげてください」

「いや……あなたが別れてくれるまでは……」

「わかりました。別れます。ですから、頭をあげてください」

美月が意外とあっさり承諾したので、拍子抜けした。

「いいんですか？」

顔をあげて、確認する。

「いいですよ。だって、内山さんのような方に頭をさげられたら、ノーとは言えないですよ。それに、わたし……課長のこと、心から愛しているわけではないですし」

「そうなのか？」

「ええ……セフレですよ」

「はい、セックスフレンド。上司だから、仕事の面でも何かと融通がききますしね」

「セフレ？」

あまりにも現実的な言葉に、栄一はぽかんとしてしまった。

唖然としてしまったが、息子と別れるという約束をしてくれたことに変わりはない。ちょっと安心して、栄一は元の席に戻った。

やがて、生ビール二つと料理が来て、二人はジョッキを手に、冷えた生ビールを呑む。

こくっ、こくっと小気味いい喉音を立てて、ビールを嚥下《えんげ》する美月。

上を向いているので、喉が丸見えで、その豪快ではあるが、どこか艶《なまめ》かしい呑み方に、栄一は惹きつけられた。

「美味しい……！」

美月はジョッキを置き、口の縁についた白い泡を手の甲で拭いて、にっこりする。

「浩平とはどういう形でこういうことに？」

栄一は事情をさぐりたくて訊いた。

「よくあるパターンだと思いますよ。何人かで呑んでいて、酔っぱらったわたしを課長が送っていくことになって、そのままホテルに連れ込まれました」

「申し訳ない。浩平はそんなことを！」

「でも、課長のせいじゃないんです。わたし、酔っぱらっていて、タクシーで課長のあそこを触りまくってたみたいで。きっと、それが原因だと思います」

美月が言った。おそらくウソでないだろう。

あけすけで、裏表がなく、明るい。

こういう女に男は弱い。

「それがいつ？」

「一年前かな」

「じゃあ、それからずっと？」

「でも、週一くらいだから、そんなにしていないです」

美月はうなずいて、そう言った。

いやいや、週一ならば月に四回。一年なら、五十回近い。これは、『そんなにしていない』という回数ではないだろう。

おそらく浩平はそのときにすでに『妻だけＥＤ』だったのだろう。そして、週に一度セックスすれば、それで満たされて、妻との性交渉は自然に無縁になる。

それならば、美月との関係を断ち切ってしまえば、彩香に対しても勃起するという可能性は大いにある。

いきなり、美月が訊いてきた。

「あの……お父さんはお幾つなんですか？」

「六十二歳だけど……」

「お若いですよ、雰囲気が……お父さん、絶対に現役ですよね？　あっちのほうも」

美月がちらりとズボンの股間を見た。

「いやいや……もう妻は亡くなっているし、仕事も今はやめてしまっているから。何もしていないですよ」

栄一は若干ウソを交えて言った。彩香とのことは絶対に悟られてはならない。

「そうなんですか……あっちのほう、絶対に現役だと思うけど。女って、そういうところ鋭いんですよ」

美月の指摘にたじろいだが、

「いやいや……もう何年も使っていないから。年寄りをからかわないでくださいよ」

矛先《ほこさき》をかわそうとしたとき、美月が栄一を見て言った。

「わたし、じつはファザコンで、年上の男性が好きなんです。だから、お父さんにすごく興味があります」

栄一はびっくりして言葉を失った。

「今回も、お父さんのような方が息子のために別れてくれと、頭をおさげになったから、別れる気になったんです。でも、ただ別れるんじゃ、わたしが可哀相だし……ひとつ、条件を出してもいいですか？」

「何だろう？　怖いな」

「……一晩でいいから、わたしを抱いていただけませんか？」

美月がまさかのことを言った。

「はっ……？」

「ですから、一晩でいいので、してほしいんです。だって、課長のお父さんだし、すごく興味が湧くんです」

「いやいや、ダメだよ、それは……」

「だったら、わたし課長と別れません。それでいいんですね」

美月がまっすぐに大きな目で見つめてきた。

「いや、それは困る……」

「……お父さん、女の人いないんでしょ？　だったら、いいじゃないですか。こんな若い女を抱けるんだから、むしろ悦んでいいと思うけどな」

「それはそうだよ。だけど、美月さんは息子の女だったわけだから」

「……関係ないですよ。そのことは忘れてください……どうせ、別れるんだし」

美月が立ちあがって、個室の座卓をまわり、栄一の隣に座った。そして、右手を股間に伸ばしてくる。

胡座《あぐら》を組んでいるその足の股間をズボンの上からさすられると、不覚にも分身がぐんと頭を擡《もた》げてきた。

「ほら、すぐにこんなにカチカチに……お父さん、絶対に現役だと思ったんだ。間違っていなかった……ねえ、このあとでしようよ。してくれないと、わたし、本当に別れないからね。どうするの、今決めなさい」

「……わ、わかったよ。だけど、約束だからね。本当に別れてくださいよ」

「うん、わかった！　じゃあ、さっさと食べて、ホテルに行こうよ」

美月は勝手に決めて、さっと元の席に戻り、料理を口に運ぶ。

（とんでもない人に逢ってしまったな）

戸惑いながらも、栄一はぐびっとビールを呷《あお》った。

2

ホテルのベッドで仰向けになった栄一を、美月が愛撫している。

栄一も美月もシャワーを浴びて、一糸まとわぬ姿である。

そして、裸の胸板を美月はなぞりながら、ちゅっ、ちゅっと乳首にキスを浴びせてくる。

「すごいわ、もう乳首が勃《た》ってきた。お父さん、すごく敏感なのね」

美月がうれしそうに言う。

ミドルレングスの髪はさらさらで、くりっとした目がきらきらと光っている。

小顔だが、今見えている乳房はおそらくFカップはあるだろう。

丸々としてたわわで、おまけに乳輪と乳首は鮮やかなピンクだ。

童顔で巨乳というこのパターンに、浩平はやられたのだろう。

美月は乳首を舐めながら、もう一方の乳首を指先で　こちょこちょする。赤い舌をいっぱいに出して、乳首をなぞりあげながら、つぶらな目でこちらの様子をうかがっている。

小悪魔という言葉が頭に浮かんだ。

変わった女だ。さもなければ、自分の愛人の父親に抱かれたりはしない。しかも、それを条件に愛人と別れるというのだから。

乳首に触れていた指がさがっていき、陰毛とその下の肉棹をさぐってきた。それが徐々に力を漲《みなぎ》らせるのを感じたのか、かるく握った。

しなやかな指で硬くなりつつあるものを握られると、それが気持ち良くて、イチモツが急速に勃起した。

カチカチになったのがわかったのだろう、美月はそれをつかんで、しごきだした。ゆるゆると摩擦されるだけで、えも言われぬ快感がひろがってくる。

「お父さん、気持ちいいですか？」

「ああ、気持ちいいよ」

「全然、元気じゃないですか。これで、お相手がいないなんて、もったいないわ。わたしがセフレになりましょうか？」

美月がびっくりするようなことを言う。

「冗談だろ？」

「冗談じゃないですよ。さっきも言ったじゃないですか。わたし、ファザコンだから自分の父親くらいの男の人が好きだって。考えておいてくださいね」

そう言って、美月は乳首にキスをしながら、勃起したイチモツを握りしごいてくれる。

もちろん、美月をセフレにするなんてこれっぽっちも考えていない。おそらく美月だってそうだろう。自分をからかっているのだ。

それにしても、美月は愛撫が上手だ。

きっと、天性のものなのだろう。

キスの際の唇の押しつけ方や、舌の使い方。肌を愛撫するときの指遣いやなぞり方。そのすべてが繊細で、なおかつ大胆で、されるほうは感じてしまう。

乳首を舐められて、指で分身をしごかれると、うっとりするような快感が充満してくる。

「すごいわ、お父さんのおチンチン、カチンカチンになってきた。舐めていいですか？」

美月に訊かれて、

「ああ……」

栄一は陶然として答える。

すると、美月は顔をおろしていき、栄一の足の間にしゃがんで、真下からそれをつかんだ。

力強くいきりたっているものを腹に押しつけ、裏筋を舐めてきた。

ツーッ、ツーッと敏感な筋に沿って舌でなぞられると、腰が浮きあがるような愉悦《ゆえつ》がひろがって、勝手に腰が震えてしまう。

「気持ちいいですか?」

美月に訊かれて、答えた。

「ああ、気持ちいいよ。美月さんは愛撫がとても上手いね」

「ふふっ、よく言われます。お父さんもすごく敏感ですね。それに……おチンチンの形がすごくいいし、反りがちょうどいいわ。カリも大きくて、これでなかを引っかかれたら、すごく気持ち良さそう」

美月は男心をくすぐることを言って、亀頭冠の真裏にちろちろと舌を走らせる。

裏筋の発着点を刺激しながら、栄一を大きな目で見あげ、茎胴を握って、ゆったりとしごいてくる。

ぞわぞわした快感がうねりあがってきた。

しかも、頭の下に枕を置いて見れば、這うようにして勃起を舐めている美月の表情と巨乳、さらに持ちあがったハート形のヒップまで目に飛び込んでくる。

こんなに歳の離れた年下の女の子を相手にしたのは、いつ以来だろう？　生まれて初めてではないか。

「ふふっ、ギンギンだわ。還暦を過ぎても、こんなになるのね。頼もしいわ、お父さん」

美月はそう言って、栄一の膝裏をつかんで、ぐいと持ちあげてくる。

「あっ、おい……」

「こうすると、タマタマもお尻の穴も丸見えですよ」

美月が皺袋《しわぶくろ》を舐めてきたのには、驚いた。

いっぱいに出した舌で睾丸袋を何度も舐めあげ、さらに、その裏のほうまで舌を伸ばしてきた。

「あっ、こらっ……そこは！　くっ……」

睾丸と肛門の間の会陰部をなめらかな舌が這うと、甘い旋律が走った。

「ぁああ……！」

思わず声をあげると、美月は丹念に会陰を舐め、それから、皺袋に丹念に舌を走らせる。

「いいよ、そこまでしなくても……」

申し訳ないという気持ちになって言うと、

「いいの。したくて、しているんだから……言ったでしょ、わたしはファザコンだって。こういうベテランのおチンチン、大好き」

美月はツーッと裏筋を舐めあげてきて、そのまま上から本体を頰張ってきた。

唇をかぶせたと思ったら、一気に根元までおさめて、そこでしばらく動きを止め、なかで舌をからめてくる。

（おおぅ、すごい……こんなに奥まで咥えているのに、この状態で舌を使えるとは）

裏筋を舌で捏ねられると、すごく気持ちがいい。ストロークとは一味違う快感を味わうことができる。

美月がゆっくりと顔を振りながら、バキュームしているのがわかる。

頰がべっこりと大きく凹《へこ》んでいて、いかに強烈に吸っているかがわかる。その状態でゆっくりとストロークされると、ジンとした痺れが甘い快感に変わった。

「ああ、たまらないよ。美月さん、本当にフェラが上手だね」

言うと、美月はストロークしながら栄一を見あげ、にっこりした。そうしながらも、顔を打ち振る速度は徐々にあがっていき、ついには、

「んっ……んっ……んっ……」

つづけざまにしごいてくる。

相手は息子の不倫相手である。

だが、達者なフェラチオの前では、そんなことはどうでもよくなるものらしい。

「ああ、ダメだ。それ以上されたら、出てしまうよ」

栄一はぎりぎりまで追いつめられて、訴えていた。

すると、美月はちゅるっと吐き出して、こちらに尻を向ける形でまたがってきた。

シックスナインである。

美月の陰毛はびっくりするほどに薄かった。

その若草のような繊毛のそばで、女の花が満開に咲き誇っていた。

それは想像していたものとは違って、肉厚でふっくらとしていたが、色は薄いピンクで、見事なまでに陰唇が左右対象だった。

こんなにきれいで、なおかつ具合の良さそうな女性器は初めてだった。

見とれていると、美月がふたたび頬張ってきた。

いきりたっているものに唇をかぶせて、ジュルジュルと卑猥な唾音を立てながら、一心不乱に唇をすべらせる。

さらには、根元を握ってしごきながら、唇を往復させるので、途轍《とてつ》もない快感がふくれあがった。

（ああ、ダメだ。気持ち良すぎる……）

栄一はしばらくその情熱的なフェラチオの快感に酔いしれた。

途中で、ふとダメだ、これでは。これはシックスナインなのだからと、思い直した。

顔を持ちあげて、目の前の谷間を舐めた。

初々《ういうい》しさの中にも、どこか熟れた感じのある肉びらの狭間に舌を走らせると、ぬるぬるっとすべっていき、

「んんんっ……！」

美月が分身を頬張ったまま、切なげに呻いた。

ひと舐めしただけで、とても感受性の豊かな女性器であることがわかった。

栄一は何度も狭間を舐めあげる。

すると、狭間がひろがって、内部の鮮紅色があらわになり、複雑に入り組んだ粘膜がとろとろになるまで濡れていた。

そして、粘膜を舌が這うたびに、かわいらしいヒップがもどかしそうに揺れる。

栄一は舌をおろしていき、船底形の下端で飛び出しているものに狙いをつける。

そこはとても小さかった。

だが、舐めるにつれて急速にふくらんで、自分で包皮を持ちあげて、顔をのぞかせた。

珊瑚色にぬめる肉の球をピンと弾くと、

「んんっ……！」

美月はくぐもった声を洩らして、背中をしならせる。

やはり、強い性感帯のようだ。つづけざまに、肉真珠を上下左右に舌でさすると、
美月の腰振りが激しくなって、

「んんっ、んんっ、んんんんんっ……」

美月は下半身の悦びをぶつけるように、激しく屹立を唇でしごいた。

(おおぅ……負けるものか！)

ひろがってくるジーンとした快感をこらえて、クリトリスを舌で転がし、捏ね、そして、吸った。

ちゅ、ちゅ、ちゅっと連続して吸引すると、肉芽が口のなかに入ってきて、

「ぁああああ……そんなことされたら、おフェラできなくなる」

美月が訴えてくる。

「いいんだよ。感じてくれればそれでいいんだから」

気持ちを伝えた。

それでは自分が満足できないとばかりに、美月はまた勃起を頬張り、

「んっ、んっ、んっ……！」

と、つづけざまにストロークして、根元を握りしごいてくる。

「ああ、気持ちいいよ……」

思いを伝え、栄一は必死にクンニをつづけた。

蕩《とろ》けた粘膜を舐め、クリトリスを舌で転がし、吸う。それをつづけていくと、美月は咥えていられなくなったのか、ちゅるっと吐き出して、

「ああ、お父さん、もう我慢できない。ちょうだい。お父さんのこれをちょうだい」

美月が勃起を握りしごいてくる。

3

「悪いが、上になってくれないか？」

言うと、美月は方向転換してこちらを向き、下半身にまたがってきた。

膝を曲げて、腰を落とし、いきりたっているものを恥肉にずりずりと擦りつけた。ぬるっ、ぬるっとすべって、

「ああ、気持ちいい……これだけで気持ちいいのよ」

美月はうっとりとして言い、それから、切っ先を窪地に押しつけて、沈み込んでくる。

開いた傘がとても狭い入口を押し広げていく確かな感触があって、あとはぬるぬるっとすべり込んでいき、

「あああ……！」

美月は上体をまっすぐに立てて、顔をのけぞらせた。

「くっ……！」

と、栄一も奥歯を食いしばっていた。

若いからなのか、とても締まりいい。

内部は熱く滾《たぎ》っている。だが、粘膜はすでに蕩け切っていて、肉襞《にくひだ》がざわめきながら分身にからみついてくる。

(名器だな……そうか、これなら息子も……)

美月は両手を栄一の立てた太腿に突いて、腰を揺すりはじめた。

少し反りながら、足を大きくM字に開いているので、結合部分が丸見えだった。

美月が腰を前後に振るたびに、自分の蜜まみれの肉柱が膣口から出てきたり、吸い込まれたりする。

「ぁああ、気持ちいい……お父さん、見える？　おチンチンがすっぽり嵌《は》まっているでしょ？　出入りするのが見えるでしょ？」

美月が腰を揺すりながら言う。

「ああ、見えるよ。丸見えだ。俺のチンポが美月さんのオマンマンにずっぽり埋まっているよ」

「ぁああ、お父さん、露骨なんだから」

「しょうがないだろ、事実なんだから」

「もう……ぁああ、感じる。気持ちいいの。お父さんのチンポがわたしの奥をぐりぐりしてくる。長いから、奥に届いているの。ぁああ、いい……止まらない」

そう言って、美月はますます激しく大きく腰を前後に揺すって、濡れ溝を擦りつけてくる。

さらさらのミドルレングスの髪が躍り、グレープフルーツのような丸々とした乳房も波打ち、

「あん……あんっ……あんっ……」

自分の上で何かにとり憑《つ》かれたように腰を振る若い女を見ていると、これは夢ではないのかと思ってしまう。

少し前までは、栄一のペニスは排尿器官に堕《だ》していた。

だが、息子の嫁の彩香を抱いたことで、栄一のセックスライフは一変した。

(俺にもまだこんな力が残っていたのだ。俺だってまだまだ現役なのだ)

万感の思いが込みあげてくる。

美月が上体を起こして、腰を縦に振りはじめた。両手を膝に突いて、まるでスクワットでもするように腰を弾ませて、

「あんっ……あんっ……あんっ！」

喘ぎ声も弾ませる。

「おおぅ、すごいぞ……くうぅぅ」

栄一は窮屈な膣が分身を擦りあげる悦びに耐えた。

髪も巨乳もダイナミックに躍っている。

「あんっ、あんっ、あんっ……ぁああ、ダメっ……もう、もうイクぅ……」

美月が屈んで、胸板に手を突いた。

そして腰だけを振りあげて、振りおろしてくる。

「パン、パン、パン……」

まるで男が女をバックから強烈に突いているような破裂音がして、栄一は分身を揉みくちゃにされながらも、懸命に暴発をこらえた。

「あん、あんっ、あんっ……ぁああ、イキます……うはっ！」

美月は電流に打たれたようにがくがくっと痙攣しながら、前に突っ伏してきた。気を遣ったのだろう。

膣がひくひくっと震えて、肉棹を締めつけてくる。

ぎりぎりで射精を免《まぬが》れた栄一は、髪を撫でてやる。

しばらくすると、美月は回復したのか、栄一にキスをしてきた。いまだに勃起したままで、それは美月の体内に嵌まっている。

ちゅっ、ちゅっとついばむようなキスを浴びせて、美月はにこっとして、栄一の白くなった髪をかきあげ、

「お強いんですね……びっくりしちゃった。今もおチンチン、硬いままだし……本当に好きになっちゃいそう」

大きな瞳を向けて、また唇を重ね、舌を差し込んできた。

美月はねっとりと舌をからめながら、栄一の顔を撫でる。そうしながら、腰をゆるやかに揺するので、栄一はたまらなくなる。

上では、まったりと舌がからみついているし、下では膣粘膜が生き物ようにうごめいて、勃起をくいっ、くいっと内側に引きずり込もうとする。

(ああ、気持ちいい……天国だ)

栄一はうっとりと、もたらされる歓喜を味わった。

彩香のセックスは素晴らしい。だが、美月もそれに引けをとらない。

彩香のために、浩平と別れさせようと美月に逢った。それがまさかこのような僥倖《ぎょうこう》をもたらすとは。

しかし、それもすべて栄一が積極的に動いたからだ。この歳になっても、進んで行動すれば、新しい道が開けるのだ——。

美月は濃厚なキスをしながら、自ら腰を揺すって、屹立をしごいてくる。揉み込んでくる。

ついにはキスしたまま、腰を上下に動かして、叩きつけていたが、やがて、キスしていられなくなったのか、顔を離して、

「ああ、いい……お父さんのおチンポ、元気が良すぎる。いつまでたっても、カチ

カチのまま。すごい、すごい……ぁああ、あんっ、あんっ、あんっ」

美月は上になったまま腰を上下動させる。

こうなると、栄一も自分で動きたくなる。

生まれたままの姿の美月の背中と腰を両手で抱き寄せて、下から腰を撥ねあげた。

ぐいぐいぐいっと突きあげると、勃起が斜め上方に向かって膣肉を擦りあげていき、

「ぁあああ、これ……あんっ、あんっ、あんっ……気持ちいい。気持ちいい……！」

美月はぎゅっとしがみついてくる。

（たまらない。男の幸せはこうやって、女性にしがみつかれることだな）

至福のなかで、栄一は連続して、屹立を突きあげていく。

ずりゅっ、ずりゅっと硬直が膣粘膜を擦りあげていって、

「あんッ、あんッ、あんッ……すごい、すごい……お父さん、すごすぎる！」

美月はしがみつきながら、顔をのけぞらせる。

栄一も気持ちいい。しかし、この体勢だと射精するまでには至らない。美月も一定以上は高まらないようだった。

美月に上体を立たせて、栄一もエイヤッとばかりに腹筋運動の要領で上体を立てる。

対面座位の格好である。

胡座をかいた栄一の膝の上に、美月が向かい合う形でまたがっている。

目の前に美月のかわいらしい顔があって、大きな目はきらきらしながらも、どこかとろんと潤んでいる。

二人はどちらからともなく唇を合わせ、唇を吸い、舌をからませる。

栄一が舌を強く吸うと、膣が勃起をぎゅっと締めつけてきて、その膣の躍動がたまらなかった。

栄一はキスをしながら巨乳を揉みしだき、乳首を捏ねてやる。

すると、美月は唇を合わせながら、腰を揺すって、

「んんんっ、んんんんっ……」

と、甘い鼻声を洩らす。

栄一はさらに乳首を捏ねまわし、巨乳を荒々しく揉みあげる。

と、美月はキスをやめて、両手を栄一の肩に置いた。そうやって少し距離を取って、動きやすくして、

「ぁああ、いいの……ぐりぐりしてくる」

腰を前後に揺すって、濡れ溝を擦りつけてくる。

「おお、たまらない……気持ちいいよ」

栄一が言うと、美月はいっそう激しく腰を揺すって、膣を擦りつけ、

「ぁああ、お父さん、すごく上手だわ」

と、ぼぅとした目を向けてくる。

「いやいや、美月さんがすごいからだよ。今も、あなたのなかが俺のをぐいぐい締めつけてくる。たまらないよ……倒すよ」

後頭部に手を添えて、ゆっくりと後ろに寝かせていくと、美月は背中をシーツにつけ、足を大きくM字に開いて、栄一を見あげてくる。

栄一はしばらくその姿勢でかるくピストンを繰り返す。それだけで、

「あっ、あっ、あっ……」

美月は気持ち良さそうに喘ぎ、両手を顔の横に置いている。

栄一はその姿勢から膝を抜いて、完全な正常位の形を取った。

両膝を曲げさせて、かるく開かせ、ぐいぐいとえぐっていく。M字に開いた下肢の中心に怒張しきったものが嵌まり込んでいき、

「ぁああ、ああ、気持ちいい……あんっ、あんっ、あんっ……」

美月はぎゅっと目を閉じて、顔をのけぞらせる。

打ち込むたびに、たわわな乳房がぶるん、ぶるるんと縦揺れして、

「あんっ……あんっ……」

美月は両手を顔の脇に置いて、愛らしい声で喘ぐ。

少しハスキーで、よく響く声をしていた。そのハスキーボイスが栄一をいっそうかきたてた。

「ねえ、抱いて。ぎゅっと抱きしめてください」

美月がせがんできた。

ファザコンだと言っていたから、やはりセックスにも包容力が欲しいのだろう。そう思って、覆いかぶさっていく。

肩口から手をまわして、抱き寄せる。

キスをしながら、腰を動かした。

すると、舌を吸うたびに、膣がぎゅんと締まって、分身を包み込んでくる。

そのキスと膣の連動がたまらなかった。

唇を合わせながら、ピストンをした。

ずりゅっ、ずりゅっと膣肉をえぐりたてていくと、美月は足をM字開脚して、深いところに勃起を導き入れながらも、

「んんんっ……んんんっ……んんんんっ」

顎をせりあげて、くぐもった声を洩らす。

栄一はもっと強く打ち込みたくなって、唇を離した。腕立て伏せの形で腰を振りおろし、途中からしゃくりあげる。それを繰り返していると、美月の様子が切羽詰まってきた。

「ぁあああ、気持ちいい……お父さん、美月、いいの……イクよ。また、イキそうなの……イッていいですか？」

ついには、愛らしく訊いてきた。

「いいよ、イッて……俺も出そうなんだ。いいかい、出して」

「いいよ。大丈夫。ピルを飲んでいるから……欲しいわ。お父さんのミルクが欲しい。ください……いっぱいください」

美月が潤みきった瞳を向けて言った。

「わかった。いくぞ。美月ちゃん、出すよ。おおぅ！」

腕立て伏せの形で連続して、腰を叩きつけた。

「あんっ、あんっ、あんっ……ぁあああ、イクわ、イキそう……」

「そうら、イッていいぞ。俺も出す！」

最後の力を振り絞って、叩き込んだとき、

「イク、イク、イクぅうううう……はう！」

美月は栄一の腕をつかむ指に力を込めて、のけぞりかえった。

次の瞬間、栄一も熱い男液をしぶかせていた。

4

シャワーを浴びた二人は、ベッドに全裸で横たわっていた。

帰宅しようとしたところを、美月にもう少しいてくださいと引き止められたのである。

残ってくれないと、息子さんと別れる話はなかったことにしますよ、と脅されれば、帰ることはできなかった。

彩香には、今夜、田中美月と逢うことは話してあった。ついさっき、彩香には、込み入った話をしているから、帰りは遅くなると伝えた。

栄一は求められるままに、腕枕をしていた。

二の腕に頭を乗せた美月は、肩と胸板の中間に顔を埋めて、時々胸板をさすってくる。

さらさらした髪とたわわすぎるオッパイの弾力を感じて、ふたたび下腹部のものが力を漲らせつつある。

美月は腕枕されて、幸せそうな顔をしている。やはり、本人が言っていたようにファザコンなのだろう。こうやって年上の男に甘えていることが心地よいのだ。

美月が言った。

「栄一さんは彩香さんが悩み抜いているのを見ていられなくなって、わたしに別れるように頼みにきたんでしょ？」

「ああ、そうだ」

ちなみに、『お父さん』と呼ばれるのがこそばゆくて、名前を呼ぶようにしてもらった。

「そもそも、どうして彩香さんは課長がわたしと不倫しているのを知ったの？」

美月が訊いてきた。もっともな疑問だった。

「じつは、浩平はあなたとつきあう前から、彩香さんに対してはあれが言うことを聞かなかったらしいんだ」

「ええ、そうなの？　わたしとするときは、勃たないなんてことないよ」

「『妻だけＥＤ』って知ってるかい？」

「ええ、一応は……奥さまにだけ、なぜかあれが言うことを聞かなくなるんでしょ？」

「そうだ。どうも、浩平はそれだったらしいんだ。それで、彩香さんはもしかして、浩平が誰か外に女がいるんじゃないかと目を光らせていたらしい。彩香さんも職場結婚だから、あなたがいる会社に元の同僚とかもいて、いろいろと情報が入ってくるらしい。それで、どうも田中美月という若い社員との仲が怪しいってことになって、あるとき、出しっぱなしになっていた浩平のスマホを見てしまった。そのとき、きみとの応答がまだ残っていて、それが決定的な証拠になったと。それで、彩香さんはずっと心を痛めていた。そのことを相談されて、俺が美月さんとの交渉役を買って出たんだ」

「そうだったんだ……知らなかったな。わたし、奥さんは不倫のことは知らないと思っていたし……何か申し訳ないな。彩香さんを随分と苦しませたみたいで……それがわかっていたら、課長とは切れたのに……。だけど、考えたら、あれだよね。わたしが課長と別れたところで、課長の『妻だけＥＤ』が治らなければ、意味がないんじゃないの？」

美月はなかなか頭も切れた。

「そうなるんだけど……だけど、きみと切れたら、性欲が有り余ってきて、それが彩香さんに向けられる可能性があるだろ？」

「ううん、どうかしら？」

美月が頭をひねった。

「そうはならないと？」

「そういう気がする。だって、妻にだけ発情しないって、おかしくない？　それって、安心しちゃってるのよ。もうこいつは俺の女で、自分の元から去っていくことはない。つまり、釣った魚に餌《えさ》はやらないってやつだと思うな。だから、逆に不安にさせたほうがいいんじゃないのかな？　誰かと浮気してるんじゃないかって疑わせるとか。嫉妬させると、性欲も湧いてくるんじゃないの？　こいつは自分だけの女だっていう独占欲が性欲をかきたてるのよ」

「なるほどね。浩平の気持ちをかきたてるのは、必要かもしれないな」

「そうよ……」

美月の右手がおりていって、下腹部のものに触れた。

それをゆったりと擦られると、次第に硬くなっていくのがわかる。

「そう言えば……この前も、課長……」

「何だ？」

「そろそろわたしにも飽きてきたんだと思うけど、美月が前に抱かれた男のことを教えてくれって……どんな男にどんなふうに抱かれたか、教えろって……へんな人と思ったけど、元カレのことを思い出しながら、どうやってセックスしたかを話したら、すごく昂奮して、あそこをギンギンにしてバックから攻めてきたわよ」

「……そんなことがあったのか。確かに、マンネリ防止策かもしれないけどな」

「それに最近は、わたしを3Pに誘っているのよ。美月が他の男に抱かれるところを見たいって……今度、出張ホストを連れて来るから、三人でしようって煩《うるさ》くて……もし挿入されるのがいやなら、フェラチオだけでもいいって。出張ホストにフェラしているわたしを後ろから貫いてやるからって……最初は冗談かなって思ったけど、何度も言ってくるから、そういう気持ちがあると思うのよね。だから、課長はわたしと別れても、それだけではダメだと思うよ」

美月の言っていることは正しいと感じた。

何より、浩平がそんな性癖を持っているとは思いもつかなかった。

(だとしたら、浩平の嫉妬心や独占欲を煽《あお》ることが必要だな。どんな方法があるのか……)

そう思いを巡らせたとき、美月は胸板に頬ずりして、言った。

「わたしもその方法を考えてあげる。でも、その前にもう一回しよ。いいでしょ？　ダメ？」

「方法を考えてくれるなら……でも、今度はそう長くはできないよ。体力が持たないから」

「それは大丈夫。わたしに任せておいて。そういうの得意だから」

美月は胸板を舐めながら、右手をおろしていき、半勃起しているものをつかんで、いじってくる。

その繊細な指づかいで、分身に力が漲り、亀頭冠付近を微妙にタッチされると、思わず腰をせりあげていた。

「もう、栄一さん、ほんとにエッチなオジサマね。でも、エッチなオジサマ、わたし大好物だから」

美月はちゅっ、ちゅっとキスをしたり、肌を舐めながら、下へ下へと顔をおろしていき、ほぼ真横からイチモツを頬張ってきた。

栄一の体に対して直角の位置でフェラチオしているから、美月の巨乳やしなった背中や持ちあがったヒップをあまねく鑑賞できる。

きっと、自分の身体を見せるためにこの角度で頬張っているのだろう。

右手で根元を握り、ゆったりとしごきながら、顔を上下に打ち振っている。

ぷるるんとした唇が気持ちいい。

途中で、ジュルル、ジュルルとわざと唾音を立てて、亀頭部を口腔に吸い込み、ちゅぽんと吐き出す。

と、顔をあげたときに、唾液が一筋糸を引いて、たらっと垂れ落ちる。

その垂れ落ちた泡立つ唾液が、とてもいやらしかった。

美月は唾液を右手で塗り伸ばすように、亀頭部を円を描くようになぞり、さらに、ぎゅっ、ぎゅっと茎胴を力強くしごいた。

そうしながら、ちらりと栄一を見て、微笑んだ。

それから唾液を自分の乳房になすりつけて、ぬるぬるになった巨乳を屹立に近づけた。

左右の乳房で勃起を挟みつけるようにして、両手で左右のふくらみを両側からは圧迫するようにして揉み込んでくる。

パイズリされたのはいつ以来だろうか？　思い出せない。

美月は量感あふれる乳房で柔らかく肉棹を包み込み、しごいた。

それから、パイズリをやめて、また頬張って、唇をすべらせる。

唇や舌の感触も気持ち良かった。それ以上に、フェラチオをする女性を真横から見るその光景が、栄一を昂《たかぶ》らせる。

たっぷりとしゃぶってから、美月は吐き出して、またがってきた。

今度は背中を向けている。

尻をこちらに見せる形で、蹲踞《そんきょ》の姿勢を取り、いきりたっているものを尻たぶの底に擦りつけた。

ゆっくりと沈み込んでくる。

肉棹を導いて、その頭を潜らせると手を放し、

「ぁあああぁ……すごい。カチンカチン……」

感心したように言って、屹立を奥まで呑み込んで、静かに前屈した。

すると、ヒップだけがせまってきたような錯覚をおぼえた。かわいらしい尻が今は前に屈んでいるせいで、尻たぶの谷間と結合部分までもが目に飛び込んでくるのだ。

「ああ、いいのよ。すごくいい……ぁああ、あうぅ」

美月は腰を前後に打ち振って、肉棹を膣でしごいてくる。

真っ白な尻が揺れるさまはこの上なく卑猥だ。

そのとき、美月が上体を前に倒した。何をしているのかと見ていると、向こう脛《ずね》を

なめらかなものが這った。美月の舌だった。

美月は全身を前後に動かしてストロークしながら、向こう脛を舐めてくれているのだった。

（おおぅ、気持ちいい……）

こんなことをされたのは、生まれて初めてだった。

そして、潤沢な唾液をたたえた舌が脛を這っていくと、ひどく心地よいのだった。

（……気持ち良すぎる！）

不思議な快感にうっとりしてしまう。

美月は全身を前後に揺すって、屹立を膣でしごきながら、脛を舐めてくれているので、その両方が混ざり合って、強い陶酔感へと育っていく。

しかも、動くたびに巨乳が足に触れて、その弾力や乳首の硬さが伝わってくる。

悪戯《いたずら》したくなって、栄一は手を前に伸ばして、尻たぶを押し広げた。すると、茶褐色のアヌスや肉棹が嵌まり込んでいる膣がまともに見えた。

「おおぅ、すごいな。丸見えだ。美月ちゃんのお尻の穴もオマンマンも全部見えてるぞ」

言葉でなぶると、

はじめる。

「ぁああん、恥ずかしいんだから」

美月がきゅっと尻を引き締めた。

だか、それも一瞬で、今度は上体を立てて、さっきよりも激しく大きく腰をつかい

その奔放な姿を見ているうちに、オスの本能がうねりあがってきた。

自分は田中美月によって、自制心を失ってしまった。

だが、美月は彩香のことを考えてくれているし、悪い子ではない。むしろ、美月に出逢って、ある意味ではラッキーだった。

(だから、いいんだ！)

栄一はいったん結合を外させて、美月をベッドに這わせた。

四つん這いにさせて、いきりたちを後ろから打ち込んでいく。とろとろに蕩けた肉路をギンとした怒張がこじ開けていって、

「ああぁ、すごい……はうぅぅぅ」

美月は背中をしならせて、シーツを鷲づかみにした。

「ぁああ、締まってくる」

栄一も奥歯を食いしばって耐えなければいけなかった。それほどに、美月の体内は

熱く滾っており、しかも、複雑な肉襞がざわめくようにして、怒張にからみついてくる。

じっとしていても、放ってしまいそうだった。

「ぁああ、栄一さん、ください。突いて……思い切り突いて……ぁああ、欲しい。欲しい、欲しい！」

美月がくねくねと腰を揺すって、誘ってきた。

「しょうがない子だな。そうら、いくぞ……右手を後ろに」

美月の右腕を後ろに引っ張りながら、猛烈に叩き込んだ。

もうストッパーは壊れてしまっている。

ズン、ズン、ズンと連続して突くと、いきりたちが奥まで届いて、子宮のふくらみを突いているのがわかる。そして、美月は「あんっ、あんっ、あんっ」と声をあげて、シーツを皺が寄るほど握りしめた。

右腕を引き寄せているから、衝撃がそのまま伝わっているのだろう。

「あんっ、あんっ、あんっ……ぁあああ、イキそう……栄一さん、またイッちゃう！」

美月がぎりぎりで訴えてくる。

「俺もだ。信じられない。出そうだ。また、出そうだ……おおぅ、ぁあああ、イケえ！」

最後にぐいと打ち込んだとき、

「イキます……いやぁあああああぁぁぁ……！」

美月は思い切り背中を反らせて、嬌声をあげた。

直後に、膣が痙攣するのを感じて、もう一突きしたとき、栄一もめくるめく絶頂へと押し上げられた。

信じられなかった。

栄一は短い間に、二度射精した。しかも、相手は今日初めて逢った息子の不倫相手なのだ。

心の底に後ろめたさを抱きつつも、栄一は二度目の射精を心から味わった。

第五章　たかぶり夫婦交換

1

その夜、栄一は彩香とともに高層ホテルの一室にいた。

二間あるセミスイーツの部屋で、小さなカウンターや応接セットの他に、大きなベッドが二つ置いてあり、隣室にもベッドがある。

そして、栄一の隣には、背中のひろく開いたセクシーなワンピースドレスに身を包んだ彩香が、カウンターの椅子に足を組んで、座り、ワイングラスを傾けている。

その隣には、スーツの上下を着た栄一が座り、同じワインを呑んでいた。

カウンターには顔を隠すためのアイマスクが二つ置いてある。

「そろそろ来る頃だな」

栄一はちらっと時計を見た。

「ええ……でも、本当にこれでよかったんでしょうか？」

彩香が不安げに言う。

胸元が鋭くV字に切れ込んだセクシードレスなので、どうしても視線が深い胸の谷間に吸い寄せられてしまう。

邪《よこしま》な思いを抑えて、言った。

「いいんだよ。こうするしかなかったんだ。大丈夫、上手くいく。美月さんも協力してくれるんだから」

そう言って、栄一は赤ワインを呷る。

もう少ししたら、浩平と美月のカップルがこの部屋に来る。

つまり、二組はこれから夫婦交換をする。

こうなったのには、事情がある。

栄一の頼みを聞いて、美月は浩平と別れた。

浩平は理由がわからずに怒り狂ったので、美月は『もう、課長には飽きた。それに、社員が二人のことを怪しみはじめたから』と答えて、浩平の追及をどうにかかわした。

性欲の捌《は》け口を失った浩平は、しばらくして、彩香を求めてきた。彩香もセクシーな下着をつけて浩平をかきたてた。

しかし、浩平はどうやっても彩香相手では勃起しなかった。

彩香はさすがにつらくなって、栄一に救いを求めてきた。そこで、栄一は作戦を練り、最終的には美月に相談して、二人でこの作戦を考えたのだ。

美月が浩平にスワッピングの提案をすると、浩平は二つ返事で乗ってきたという。

浩平は美月に一方的に別れを切り出されたが、美月にはいまだに未練があった。

それに、スワッピングはもともと浩平の希望であったから、嬉々として受けたらしい。

だが、スワッピングの相手がじつは、自分の妻と父親のカップルだと知ったら、腰を抜かすに違いない。

この大胆すぎる奇策を考えたのは、美月だった。

美月が、浩平の『妻だけＥＤ』を治すためには、並大抵のことではダメだ。このくらいしないとと、この突拍子もない提案をした。

それを初めて聞いたとき、栄一は絶対に無理だと思った。

いちばんマズいのは、彩香と栄一の関係を知られることだ。しかし、美月はこう言った。

『大丈夫ですよ。本番さえしなければ……それで、浩平さんの『妻だけＥＤ』を治すためにこうしたんだって言えば誤魔化せます。それに、課長がその場を逃亡しようとしたら、わたしとの不倫を指摘すれば、課長は意のままですよ』

美月はそう自信満々に言った。

溺れる者は藁《わら》をもつかむというが、美月は頼りがいのある巨乳の藁だった。

緊張をワインでほぐしていると、ピンポーンとチャイムが鳴った。映像つきのインターフォンに、スーツ姿の浩平とミニドレス姿の美月が映っていた。

「今、開けます」

栄一は声色を変えてそう返答をし、彩香にアイマスクをつけるように言って、自分でもアイマスクをつけた。

両端の切れあがった赤いアイマスクをつけて、セクシーなドレスを身につけた彩香は今すぐに押し倒したくなるほどに色っぽい。

どうせ、正体はばれてしまうだろう。

だが、なるべくその時間を遅らせたい。

すぐに浩平に逃げられたのでは、話もできない。

美月を先頭に、あとから浩平が入ってきた。

招き入れたのが、父だとは気づいていないようだ。

浩平が、スツールから立ちあがって自分たちを見た女を見て、エッという顔をした。アイマスクをつけて、セクシーなドレスを身につけてはいるが、彼女が自分の妻であることは、わかったのだろう。

「彩香……彩香だろ？」

彩香のアイマスクを強引に外し、それが自分の妻であることを知って、浩平は啞然とした顔をした。

それからすぐに、栄一のアイマスクも毟《むし》り取って、

「オ、オヤジ？　こ、これは、どういうことだよ？」

浩平は三人を見まわした。

「来い！」

栄一は浩平の腕をつかんで、隣室に行く。その部屋にもベッドがひとつ置いてあった。

栄一は浩平に事情を話す。

「彩香さんが、お前が『妻だけＥＤ』で寂しいと、欲求不満でこのままでは不倫してしまいそうだと、打ち明けてくれた。それで俺がスワッピングしたらどうだと提案した。彩香さんひとりでは不安だろうから、俺が連れ添うという形でついていくからと

……誤解しないでくれよ。俺は彩香さんとはまったく性的なことはしていないから。もちろん、彩香さんは迷っていたが、スワッピングのできる場所をネットでさがしたら、このサロンが出てきた。会員と会員を引き合わせるサークルだ。そこに登録して相手のカップルをさがしていたら、お前の顔を見つけた。このサークルでは男性と女性の両方の顔を登録することになっていてね。もちろん、プライバシーの問題があって、ほとんど決定という段階にならないとその顔を見ることはできないんだが……。実現できそうなカップルをさがしていたら、お前と美月さんが登録されていたわけだ。それで、こちらはすぐに美月さんと連絡を取り合って、今夜、逢うことに決めた」

「じゃあ、最初から俺が来ることを知っていたのか？」

「ああ、そうだ。ちょうど、いいじゃないか……彩香さんはお前を心から愛している。だから、この偶然は神様のプレゼントなんだよ。スワッピングがいい刺激になって、お前らの仲が戻ったら、最高じゃないか」

「いやいやいや……何言ってるんだよ。正気かよ？　だいたい、オヤジと一緒なんて、さすがに醒《さ》めるだろ」

やはり、浩平は想定どおり及び腰になった。ここは、美月の提案を使わせてもらうことにして、脅した。

「……お前と来ているあの美月って、お前とどういう関係なんだ？　夫婦交換の場なんだから、二人はカップルなんだろ？」

「……いや、それは……」

「聞いたぞ、美月さんから。お前らはだいぶ前からできていたそうじゃないか。もう一年以上も不倫をしていたらしいな。このこと、まだ彩香さんには伝えていないんだが……もしお前がここから逃げ出すようなら、そのときは美月さんのことを彩香さんにすべてばらすぞ。いいんだな？」

「待てよ。それは困る」

浩平の顔が引きつった。

「だったら、スワッピングに応じろ。それが刺激になって、お前が彩香さんとできたら、万々歳じゃないか。そうだろ？」

「それはそうだが……」

「大丈夫だ。俺は一応愛撫の真似はするが、それは形だけのものだ。彩香さんと実際には何もしない。それなら、大丈夫だろ？　お前は美月さんとしながら、俺たちを見てろ……そうしたら、イケるんじゃないか？　昂奮して、彩香さん相手でも勃《た》つんじゃないか？」

栄一はまくしたてる。冷静に考えたら、おかしなことがありすぎることに気づくはずだ。それを悟られないようにするには、考える暇を与えずに、一気に攻めたてるしかなかった。

「どうなんだ?」

「わ、わかったよ。やるから、美月とのことは絶対にしゃべらないでくれよ。俺があとで美月のことは、彩香に直接話すから。いいよな?」

「ああ、わかった。じゃあ、あっちの部屋に行こう。お互いに何も聞かないようにしよう。いいな」

「わかったよ」

浩平がうなずいて、二人は元の部屋に戻った。

2

ベッドに敷かれた白いシーツの上で、栄一は一糸まとわぬ姿の彩香をじっくりと愛撫していた。

隣のベッドでは、仰向けになった浩平の胸板に美月がキスをしている。そして、浩平は栄一と彩香のことをじっと見つめている。

やはり、気になるのだ。父親と嫁のセックスが。

さっきから、ぎらぎらした目でこちらを凝視している。

だが、栄一は浩平の視線を気にしないように決めた。浩平に気をつかっていては、彩香の愛撫に集中できない。

(見たければ、見ればいい……そして、嫉妬しろ。嫉妬して、いきりたて)

栄一は心のなかで念じながら、彩香のほっそりした首すじにキスをして、乳房をとらえた。

形のいい乳房を揉みしだくと、青い血管が透け出るほどに薄く張りつめた乳肌が柔らかく形を変えて、その頂《いただき》の突起が急激に硬くしこってきた。

(すごい女だ。夫に見られていても、こんなに乳首が勃ってくるんだからな)

栄一は乳首に吸いついて、なかで突起を転がした。それから、ツーッ、ツーッと舐めあげると、

「あああ……気持ちいい。お義父《とう》さま、感じます……ぁあああうぅぅ」

彩香はあからさまな声をあげて、顎をせりあげる。

彩香は乳首が強い性感帯である。だが、いきなりこれほどに反応するのは、おそら

く浩平の視線を意識しているからだろう。

いずれにしろ、女性が愛撫にきっちりと応えてくれると、男もいっそう昂る。

旅の宿で抱いて以来だから、栄一も気合が入っていた。

充実したふくらみを揉みしだきながら、乳首を丹念に舐めた。上下の次は左右に撥ねる。

短く速いストロークで、れろれろろっと横に弾くと、

「ぁあああ、それ……んっ、んっ、ぁあうぅ、感じる。お義父さま、すごく感じます……ぁあああうぅぅ」

彩香がさしせまった様子で言って、胸をせりあげる。

栄一は反対側の乳首を指で捏ねながら、こっち側の乳首を舌で転がし、吸う。

次に、反対側に舌を這わせ、もう一方の乳房を荒々しく揉みしだく。

それを執拗に繰り返していると、

「ああ、もう、もう……ぁあああ……」

彩香はもう我慢できないとでもいうように、下腹部をぐぐっ、ぐぐっとせりあげる。

ここに触ってほしい。刺激がほしいという動きが、栄一をかきたてた。

栄一は繊毛の流れ込むあたりに右手を伸ばし、潤みのもとを確かめる。すると、肉

びらの狭間からは泉がこんこんとあふれて、中指をべっとりと濡らす。

「彩香さん、すごいな。あそこがもうぬるぬるだ。そんなに欲しいのかい？」

わかっていて白々しく訊くと、

「はい……お義父さまのカチンカチンを欲しいんです……すぐに欲しくなってしまうんです。わたし、すごく淫らなんです」

彩香が期待以上の言葉を返してきた。やはり、浩平に嫉妬させたくて、わざとオーバーに言っているのだろう。

「ふふっ、それでいいんだ。女性は淫らなほうが、男は高まる」

その敏感さを褒めて、栄一は顔をおろしていく。

ちらりと横を見ると、仰臥した浩平がイチモツを美月に咥えられて、うっとりと目を細めながらも、こちらをうかがっている。

今、浩平はどんな気持ちなのだろう？

父親に愛撫された妻が、ひどく感じて、艶かしい声をあげているのだ。きっと、発狂しそうなほどに追い込まれているだろう。だが、浩平にはこのくらいの荒療治をしなければ、『妻だけＥＤ』は治らない。

栄一は彩香の足の間にしゃがみ込み、枕を腰に入れて、舐めやすくした。

足を曲げさせて開かせると、台形の漆黒の翳《かげ》りの底に、女の媚肉があさましいほどに花開いた。

まだクンニもしていないのに、こんなにも大きく肉びらがひろがっている。そのことに、栄一は強烈な昂奮を覚えた。

彩香は、恥ずかしいことをさせると、いっそう感じやすくなるマゾ的な体質を有していることはわかっていた。

今、彩香は義父とのセックスを自分の夫に見られているという極限状態のなかで、倒錯の極致にいるのかもしれない。そして、そういう彩香に対して、栄一はひどく昂奮してしまう。

鮮紅色にぬめる粘膜がひくひくとうごめいている。その濡れた狭間をツーッと舐めあげると、

「はぁああああぅぅぅ……」

彩香は思い切り顔をのけぞらせて、歓喜の声を洩らした。

栄一がさらに舌を何度も往復させると、ぬるっとした粘膜が舌にまとわりついてきて、

「ああ、いいの。お義父さま、気持ちいい……わたし、へんになる。気持ちいいの

……蕩けちゃう。わたしのオマ×コ、気持ち良すぎて蕩ける……ぁあああうぅぅ！」

彩香は顎をせりあげて、もっととばかりに下腹部を突き出してくる。

いつの間にか栄一も無我夢中でクンニをしていた。

じゅくじゅくと絶えずあふれでる蜜を舌でなすりつけ、陰唇の脇にも舌を走らせる。その大陰唇と小陰唇の間の白くなった箇所をツーッ、ツーッと舐めあげると、それが感じるのか、

「ぁああ、あああ……いいの。お義父さま、そこ、気持ちいい。ぞくぞくします……ぁあああ、して。もっとして！　ぁああ、欲しい！」

彩香があらわな言葉を放って、ぐいぐいと恥丘を擦りつけてくる。

栄一は左右の褶《しゅう》曲《きょく》した肉びらを舐め、しゃぶり、吸った。

その頃には、おびただしい蜜が滲んで、とろとろとしたたり落ちていた。

栄一は蜜があふれでている中心にも舌を走らせる。

膣口に丸めた舌を差し込むようにして舐めると、それがまた感じるのか、

「ぁああ、いけません。そこは……ぁああ、ダメっ……欲しくなっちゃう。入れてほしくなっちゃう」

彩香は切々と訴えてくる。

栄一はしばらく尖らせた舌を膣口に抜き差しした。

内側にあるせいか、愛蜜は外側にこぼれたものより濃く、独特の性臭がした。

その濃厚な味覚を味わってから、あふれた蜜を舐め取りながら、上方へと舌を走らせる。

笹舟《ささぶね》型の舳先《へさき》には小さな突起があって、それを下から舐めあげながら弾くと、

「ああああ……！」

彩香は嬌声を張りあげて、がくんとのけぞり返った。

もともと、クリトリスは彩香の強い性感帯である。だが、この感じ方は尋常ではなかった。やはり、彩香は夫に見られていることで、いつも以上に昂っているのだ。

栄一は包皮を指で上にずらして、剝いた。

こぼれでた肉の真珠は見事な光沢を放ち、触ってほしいと訴えて、肥大化している。

大きくなっている本体に舌を這わせる。

下からなぞりあげると、肉真珠がますますあらわになって、宝石のように光った。

それを上下左右に舐め、かるく吸う。

チューッと吸い込むと、本体が伸びて口のなかに入り込んでくる。そして、彩香はその強い刺激がいいのだろう。

「はうぅぅぅ……！」

顎をせりあげて、シーツを鷲づかみにした。

(よし、もっと感じさせてやる！)

栄一はクリトリスを断続的に吸う。すると、そのたびに、

「ぁあああ……ダメ、ダメっ……」

彩香は嬌声を張りあげ、首を激しく左右に振った。

栄一はいったん吐き出して、ふたたび肉芽を丁寧に舐める。すると、彩香が訴えてきた。

「お義父さまのあれが欲しい。舐めたいの。おしゃぶりしたいの」

「そうか……そんなにおしゃぶりしたいのか？」

「はい……」

「わかった」

栄一はベッドに仁王《におう》立ちした。ちらりと隣を見ると、浩平と美月はシックスナインをしていた。

本当なら挿入したいのだろうが、やはり、妻の見ている前で、不倫相手に本番セックスはできないのだろう。

浩平はイチモツをしゃぶられながら、こちらをぎらぎらした目で見ている。今にも飛びかかってきそうな目だ。

(よし、このままいけば……見るんだ。お前の妻が父親のあれをしゃぶる姿を……)

ベッドに立った栄一の前に、彩香がしゃがんだ。

正座の状態から腰を浮かして、ギンとしたものを握り込んでくる。

右手でつかんだ勃起は自分でも惚れ惚れするほどにすさまじい角度でそそりたち、包皮を使ってゆるゆるとしごかれると、分身がますます硬く、大きくなる。

(こんなにギンとしたのは、いつ以来だろう？　彩香だけを相手にしたときでも、これほどまでにはならなかった)

ちらりと隣を見ると、浩平が仰天して、その魁偉《かいい》を眺めている。まさか父親のシンボルがこれほどまでに元気だとは想像していなかっただろう。

そんな夫の視線を受けながら、彩香が裏筋を舐めてきた。

雄々しくそそりたつ肉柱を腹部に押しつけて、裏のほうをツーッ、ツーッと舐めあげてくる。

そうしながら、右手で皺袋をあやしてくれている。

睾丸をおさめた袋を下から持ちあげるようにして、敏感な裏筋を舌でなぞられると、えも言われぬ快感が押しあがってきた。

彩香がぐっと姿勢を低くした。何をするのかと見ていると、睾丸を舐めてきた。

下から袋に舌を這わせながら、右手で屹立を握りしごいてくれる。

「ぁああ、気持ちいいよ。彩香さん、たまらない」

思わず言うと、彩香は下からちらりと見あげる。そうしながら、袋を丹念に舐めてくれる。

次の瞬間、片方の睾丸が姿を消した。

彩香が片方のそれを頰張っているのだった。ぱっくりと口におさめて、少し引っ張りながら、袋にちろちろと舌を走らせる。

「おおぅ、たまらないよ……彩香さんにキンタマを頰張ってもらえるとは……ああ、気持ちいい。たまらない……おおぅ！」

栄一もいささか誇張して訴える。心のなかに、浩平に嫉妬させたいという気持ちがあるのだ。

そして、彩香にも夫に見せつけたいという思いがあるのだろう。

片方の睾丸を吐き出すと、もう一方を咥え込んだ。もぐもぐして、ちゅるっと吐き出して、今度は裏筋を舐めあげてきた。

亀頭冠の裏の包皮小帯を集中的に舐め、捏ね、吸った。そうしながら、根元を握りしごいてくれるので、快感はふくらむばかりだ。

彩香が唇をひろげて、亀頭部を頬張ってきた。

くちゅくちゅと細かいストロークで亀頭冠を攻め、それと同じリズムで根元を握りしごいてくる。

「ぁああ、気持ちいいよ。ぁああ、たまらない……くっ、おっ……ぁあああ」

栄一は天井を仰いで、歓喜の声をあげた。

すると、彩香は右手を離して、口だけで頬張ってきた。ずずっと根元まで唇をすべらせて、

「ぐふっ、ぐふっ」

と、噎《む》せた。

それでも吐き出すことはせずに、唇が陰毛に触れるまで深々と咥え込んでいる。

ふと見ると、左右の頬骨が浮びあがるほど凹んで、強烈にバキュームしていた。

しかも、なかで舌がねろり、ねろりと動いて、勃起の裏のほうを摩擦してくるのだ。

「おおぅ、たまらんよ」

快感をあらわにした。

すると、彩香はこうしたらもっと気持ち良くなるとばかりに、ゆっくりと顔を振りはじめた。

指は使わずに、唇と舌だけで、屹立の根元から先っぽまで丹念に、力強く、しごいてくる。

ジュブッ、ジュブッと唾音が立って、ウエーブヘアが揺れる。

そして、O字にひろがった唇がずりゅっ、ずりゅっと勃起の表面をすべり、微妙に形を変えている。

「ぁああ、気持ちいいよ！」

訴えると、彩香は右手を加えた。

根元を強く握りながら、精液を搾り取るようにしごかれる。そうしながら、亀頭冠を中心に、

「んっ、んっ、んっ……」

激しく顔を打ち振りながら、根元をぎゅっ、ぎゅっと握りしごかれると、とうとう栄一もこらえきれなくなった。

「ダメだ。出そうだ……入れたい。お前とひとつになりたい」

気持ちを伝えると、彩香はちゅるっと吐き出して、自分からベッドに四つん這いに

なった。

3

（入れるぞ。いいんだな？）

栄一はそんな気持ちを込めて、隣のベッドを見た。

次の瞬間、浩平がこちらのベッドに突進してきた。

「どいてくれよ！」

栄一を押し退《の》けて、彩香の真後ろについた。

浩平のイチモツを見て、驚いた。それは下腹を打たんばかりにそそりたっていた。

「彩香、入れるぞ。いいな？」

浩平はそう言って、彩香のくびれたウエストをつかんで、引き寄せた。

「はい……ください！」

「いくぞ」

浩平が腰を入れると、猛《たけ》りたった怒張が彩香の膣口を押し広げていって、少しずつ姿を消していった。

「そうら、入ったぞ！」

「ぁあああ、うれしい……浩平さんのおチンチンがいるの。わたしのなかにいるの。奥まで入っているのよ。ぁああ、あなたの硬いわ。大きいわ。すごいの、あなたのすごい！」

彩香がうれしそうに言って、浩平が勇躍腰をつかいはじめた。

細くくびれたウエストを両手でつかみ寄せて、ぐいぐいとえぐりたてていく。

怒張しきったものが彩香の体内を蹂躙《じゅうりん》していき、それがいいのか、

「あんっ……あんっ……あんっ……すごいわ、あなた……ぁああ、ぶつかってる。奥に当たってる」

彩香が顔をのけぞらせる。

「そうだろ？　本気になったら、こんなもんだよ。おお、すごいな、お前。彩香のオマ×コ、ぎゅんぎゅん締まってくるぞ。悦びながら、波打ってるぞ。おおぅ、たまらんよ」

浩平はまるで童貞が女を知ったときのように、激しく腰を叩きつける。

「あんっ……あんっ……あんっ……ぁあああ、すごい。あなた、すごい……あん、あん、あん……」

彩香は枕をつかんで、顔の下に置き、背中を美しく反らせて、いい声で鳴く。

（いいぞ。彩香さん……浩平、できたじゃないか！）

栄一が心のなかで二人に賛辞の言葉を送ったとき、

「こっちに」

美月に手を引かれて、栄一はもう一方のベッドにあがった。

立ち尽くしていると、美月が前にしゃがみ、猛りたっている分身を握って、しごいた。

「栄一さんのここも、ギンギンだわ。わたしたちもしましょ」

美月は見あげて、にこっとして、いきりたちを頬張ってきた。

ぱっくりと根元まで唇をすべらせ、大きく顔を打ち振って、しごいてくる。そうしながら、時々ちらっ、ちらっと隣のベッドを見る。

そこでは、浩平が彩香の右手を後ろに引っ張って、バックからがんがん打ち込んでいた。

しばらくひとつになれなかったその無念さを晴らすかのように、強烈に打ち据える。

「あんっ、あんっ、あんっ……ぁああ、浩平さん。イキそう。わたし、もうイッちゃう……！」

彩香が訴えて、

「いいぞ。イケよ。しばらくぶりだからな。ずっと、したくてしょうがなかったんだよな。それで、スワッピングまで考えたんだよな」

浩平が言う。

「そうです。わたし、寂しくて我慢できなかった」

「これからは、俺がかわいがってやるからな。こんなのは一回できたら、あとはできるんだよ。そうら、イケよ。イッていいぞ」

浩平が激しく打ち込んで、

「あん、あん、あんっ……ぁあああ、イクわ。いいのね。イクわよ」

彩香がさしせまった声を出す。

「いいぞ。イケよ。そうら」

浩平がたてつづけに腰を打ち据えたとき、

「イキます……イクぅ……やぁあああああぁぁぁぁ！」

彩香は嬌声をあげて、のけぞると、操り人形の糸が切れたように、ぱったりと前に突っ伏していった。

浩平はまだ出していないのだろう、それを追って、折り重なると、密着して、また

腰をつかい、

「ぁあぁ、信じられない……浩平さん、強すぎる。ぁあぁ、ああああぁ、許して……もう許して……」

彩香が哀切な声を出し、浩平は折り重なるようにして、なおも寝バックで彩香を攻めたてる。

そのとき、美月が勃起をちゅぱっと吐き出して、言った。

「ねえ、わたしたちも、しよ……」

「いいのか？」

「いいよ。だって、これはスワッピングなのよ。一方だけして、わたしたちがしないって、おかしくない？」

そう言って、美月は一転して栄一の耳元で囁いた。

「課長、恋人だったわたしがお父さんに寝取られたら、嫉妬して、すごく昂奮すると思うよ」

ああ、なるほどと思った。

「二人を助けることになるわけだな」

「そうよ。だから、していいの。むしろ、しなくちゃいけないの……来て」

美月がベッドに四つん這いになった。

ぷりっとしたヒップを突き出して、

「ちょうだい。早くぅ……！」

誘うように、ヒップをくなくなと振った。

こうなったら、もう入れるしかない。それに、栄一の分身ももうはち切れそうなほど、いきりたっている。

薄い繊毛に飾られた美月の花芯は、すでに花開いて、サーモンピンクの内部が顔をのぞかせていた。

そぼ濡れた入口に切っ先を添えて、じっくりと打ち込んでいく。

とても狭いとば口がプツッと開くような感触があって、先端が熱く滾った肉の道をこじ開けていき、

「はうぅぅ……！」

美月が顔を思い切りのけぞらせた。

「くうぅぅ……！」

と、栄一も奥歯を食いしばっていた。

やはり、美月のそこは名器だった。とろとろに濡れているのに、強く締まってくる

から、圧迫感も摩擦感もある。

浩平はすぐに腰をつかって、抜き差しをはじめる。

(俺は正しいことをしている。だから、してもいいんだ。美月さんには恩もあるし)

栄一は意識的に浅瀬をかるく抜き差しする。

しばらくつづけていると、美月が焦れてきた。自分から腰をつかって、屹立を深いところに導こうとする。

栄一はぴたりと抽送をやめた。すると、ますます焦れた美月は、

「ぁああん、意地悪なんだから……あんっ、あん、あんっ……」

自分から尻をぶつけてくる。

ぴちゃ、ぴちゃんと乾いた音とともに、下腹部と尻がぶつかり、美月は徐々に高まっていく。

「ぁああん、意地悪ぅ……突いてよ。美月のあそこを思い切り突いてよぉ」

美月にせがまれて、栄一は腰をつかった。

さっき浩平がしていたように美月の右腕を後ろに引き寄せ、その前腕をつかんで引っ張りながら、ぐいぐいとえぐり込んでいく。

衝撃がダイレクトに伝わって、

「あんっ、あんっ、あんっ……ぁああ、響いてくる。ガンガン響いてくるの。すごいよ、栄一さん、すごい……」

美月が言う。

「そうら、もっとだ。もっと奥に……」

栄一が遮二無二《しゃにむに》叩き込んでいると、

「あん、あん、あんっ……！」

隣のベッドから、彩香のさしせまった喘ぎが聞こえてきた。

ハッとして見ると、仰臥した彩香のすらりとした足を大きく開かせて、浩平が激しくイチモツを叩き込んでいた。

そして、浩平はこちらのベッドを凝視していた。

元恋人だった美月が、父親に貫かれて、あんあん喘いでいる。

その姿を昂奮した面持ちで眺めながら、湧きあがる嫉妬をぶつけるように彩香を犯しているのだ。

栄一も昂った。それは美月も同じらしく、

「ぁああ、もっと、もっと美月を犯してよ」

と、せがんでくる。

「よおし、犯してやる。美月を犯してやる！」

栄一は無我夢中でいきりたちを突き刺していく。息が切れてきた。だが、この状況が休むことを許してくれなかった。

連続して、叩きつけたとき、

「イク、イク、イクぅ……イキます……うわぁああああ、くっ！」

美月がシーツを鷲づかみながら、がくん、がくんと躍りあがって、そのまま前に崩れていった。

それを見た浩平もいっそう力を込めたようだった。

「そうら、イケよ。彩香もイクところを見せつけてやるんだ。負けるな。イケよ。そうら……！」

浩平ががむしゃらに叩き込んだとき、彩香の気配が変わった。

「あんっ、あんっ、あんっ……イクわ、イク……あなたもちょうだい。ちょうだい！一緒よ、一緒に……ぁあああ、ちょうだい！」

彩香が叫んで、浩平がスパートしたのがわかった。

「あん、あん、あん……イク、イク、イッちゃう……！　やぁあああああああああ……！」

彩香が甲高《かんだか》い声で昇りつめていき、浩平がここぞとばかりに連打した。

その直後、彩香がのけぞり返り、浩平が「うっ」と呻いて、放っているのがわかった。

次の瞬間、栄一も美月の体内に熱い男液をしぶかせていた。

4

栄一はシャワーを浴びて、隣室へ行き、ベッドに横になった。

すると、そこに美月がやってきた。

シャワーを浴びて身体を洗い清めた美月が、バスローブを脱いで、ベッドに身体をすべり込ませてきた。

栄一がこの前のように腕枕すると、美月は二の腕に頭を乗せて、栄一のほうを向いて横臥する。

「隣はどうなってる？」

「静かだから、休んでるのかも……いずれにしろ、一泊の予定だから、明日の午前中にチェックアウトすれば、大丈夫だから」

そう言って、美月は栄一の胸板を手で撫でてきた。

「ありがとう。きみのお蔭で上手くいった。二人もきちんとできたみたいだしな」

「ふふっ、やっぱり課長って、ネトラレ的な趣味があったんだわ。そうじゃないかとにらんでいたの。そうでなければ、父親と自分の妻がしているところを見て、昂奮したりしないもの」

「……嫉妬なんだろうな。マンネリを打ち破るには、嫉妬しかないんだよ。男の嫉妬はその女性を独占したいっていう支配欲につながるからね。それで、性欲がむらむらと湧きあがってくる」

「でも、わたし、栄一さんに出逢えてよかった。課長より、お父さんのほうがずっと好き……彩香さんもお父さんのこと好きなんでしょ？　見てればわかるもの」

「いや、それはないよ」

「あくまでも否定するのね。そうよね、義父と息子の嫁が肉体関係を持っていたら、ヤバいものね。でも、したんでしょ？　わかるのよ。女には……そういうことには敏感だから」

「……してないよ。本当だ」

栄一は図星をさされて、ぎくっとしながらも、あくまでも否定する。

「まあ、そういうことにしておいてあげるわ。栄一さんと初めて寝たときに、へんだな、絶対に最近誰かといいセックスしてるなってピンときたのよね……それが、彼女だったのね」

「違うよ」

「偉いわね。あくまでも認めないところが……なんか、わたし、ますます栄一さんのことが好きになった」

そう言って、美月は栄一の手を自分の乳房に導いた。

グレープフルーツをふたつくっつけたような巨乳をモミモミすると、途轍もなく柔らかな肉層が沈み込んでいき、その中心には硬い突起がせりだしていた。

その乳首をつまんで転がすと、

「ぁあああん……もう、エッチなんだから。本当に六十二歳なの？　信じられない。全然、現役だし、すごくタフだもの」

美月は仰臥している栄一の顔の脇に両手を突き、ぐっと胸のふくらみを差し出してきた。

「いいのよ、吸って……吸いたくないですか？」

「それは吸いたいよ」

「じゃあ、吸って、舐めて……」

栄一は期待に応えて、目の前に近づいてきた乳首にしゃぶりついた。たわわすぎるオッパイの感触を味わいながら、突起を舐めた。周囲から真ん中に舌を走らせ、ピンクの突起をれろれろして、吸う。

「ふふっ、いい子ね。栄一は。今日は頑張ったわ。ママのオッパイをいっぱい吸っていいのよ」

そう言って、髪を撫でてくる。

さすがに、美月をママとは呼べないし、思えないが、この巨乳だから自分が子供になったような気がするのは確かだ。

チューーッ、チューーッと赤子がオッパイを吸うようにしゃぶりつき、レロレロしていると、美月の気配が変わった。

「ぁぁあん、赤ちゃんは舌をつかったりしないでしょ？　もう、吸い方がいやらしいんだから……んんんっ、ぁああ、んんんっ……ぁあああ、いいのよぉ」

美月はあえかな声をあげて、胸を押しつけ、持ちあげた尻をぷりぷりとくねらせる。

美月がキスを胸板から下半身へ移していったそのとき、ドアが開いて、彩香が部屋に入ってきた。

「あっ……彩香さん！」

思わず名前を呼ぶと、美月も気づいて、彩香のほうを見て訊いた。

「課長はどうしてる？」

「もう熟睡しています。お義父さまには言いましたけど、あの人、射精して寝たら、朝までは絶対に起きないですから」

彩香が言う。シャワーを浴びたのだろう、裸にバスローブをはおっている。

「じゃあ、安心ね。こっちにいらっしゃいよ。三人で愉しみましょ」

美月がまさかのことを平然と言った。

彩香は断るのではないかと思ったが、意外にも近づいてきた。そして、ベッドに座る。

すると、全裸の美月が彩香の後ろについて、バスローブ姿の彩香を後ろから抱きしめた。

びくっとして、彩香が自分を守った。

（なぜこんなことを……！）

栄一が啞然としている間にも、美月は彩香の耳元で何か囁いた。そして、彩香がこくんとうなずきながら、ちらりと栄一を見た。

（何だ……？）

あたふたしていると、二人が近づいてきた。

彩香がバスローブを脱いだので、バランスの取れた見事な裸身があらわになった。美月も一糸まとわぬ姿である。

と、彩香が栄一の右側に横臥して、美月が反対側に身体を横たえる。

「二人を腕枕して」

美月が身体を寄せてきたので、栄一は言われたように左右の腕を伸ばした。

すると、右側で彩香が二の腕に頭を乗せて、栄一のほうを向いて横臥し、左側では美月が同じように腕枕して、身を寄せてくる。

「すごいな。こんなのは初めてだ。まさに、両手に花だ。しかも、二人とも見事に咲き誇っている」

栄一は照れ隠しにそう言っていた。

すると、それを聞いた彩香がにこっとして、胸板にキスを浴びせてきた。そのキスを上にずらして、唇を重ねてくる。

最初はかるいキスが徐々に情熱的になり、舌がからみ、彩香は悩ましく鼻を鳴らしながら、右手で胸板をなぞってくる。

いったんキスをやめ、

「浩平さんが復活したのも、お義父さまと美月さんのお蔭です。これはお礼です」

そう言って、彩香は右手をおろしていき、下腹部で力を漲らせつつあるイチモツをつかんだ。

「いいのか？　こんなことされると、その気になっちゃうぞ」

「いいんですよ。わたしもお義父さまとしたい。すごく……でも、今回は美月さんと一緒にすることにしたんです。ねえ、美月さん」

「そうよ。栄一さん頑張ったから、そのご褒美をあげたくて……二人でされるのは、いや？」

美月が反対側から乳首をいじりながら、大きな目を向ける。

「いやなはずがないよ。だけど、あんまり幸せすぎて、あとで何か大目玉を喰らいそうで怖いな」

「そんなの気持ち次第よ。妙な罪悪感を抱いていると、そういう不幸を自分で招き寄せてしまうんだわ。でも、へんなこと考えずに愉しめばいいのよ。そうしたら、きっともっといいことが起こる。そんなものでしょ、人生は？　違う？」

「確かにな……そうだと思う」

「じゃあ、愉しみましょ」

美月はそう言って、栄一の左腕をあげさせて、腋《わき》の下にキスをする。腋毛の生えているそこに、ちゅっちゅっと唇を押しつけ、それから舐めてくる。

ツーッ、ツーッと腋から二の腕にかけて舌でなぞりあげる。そうしながら、たわわな乳房をさり気なく押しつけてくる。

栄一は田中美月という存在を最初は見誤っていた。たんなるセックス好きの割り切った女だと思っていたが、そうではないようだ。

もしかして、この子がいちばん大人なのかもしれない。

自分が美月の恋人だとしても、きっと上手く操られてしまうだろう。今も、彼女のペースで物事が進み、3Pに移ろうとしているのだから。

一方、彩香は胸板からキスをおろしていき、下腹部のいきりたちを握った。

「お義父さまのここ、もうこんなに……」

そそりたっている肉の塔をつかんで、ぶんぶん振るので、それが腹や太腿に当たってぺちぺちと音をたてる。いっそう硬くなると、彩香が頬張ってきた。

ギンとしたものを根元まで口におさめ、ゆったりと顔を打ち振る。

柔らかくて湿った唇がイチモツの表面を適度な圧力でもって、すべり動き、それが敏感な亀頭冠を集中的に往復すると、逼迫した快感が押し寄せてきた。

「ぁああ、ダメだ。それ以上されると、出てしまうよ」

訴えると、彩香がちゅるっと吐き出した。

と、直後にもうひとつの口が分身に覆いかぶさってきた。

美月だった。美月は彩香の唾液でぬめ光っている肉棹を一気に頬張り、ずりゅっ、ずりゅっと唇だけでしごいてくる。

「ぁあああ、すごいな。初めてだよ。きっと、人生で最初で最後だな」

言うと、美月は、

「んっ、んっ、んっ……」

大きく顔を振りながら、皺袋も手であやしてくる。

そのとき、彩香が唇にキスをしてきた。

唇を合わせて、ねっとりと舌をからめてくる。

(うおお、天国だ……！)

彩香に唇をふさがれ、美月に下腹部のイチモツを頬張られている。

一生に一度味わえるかどうかの至福に、栄一は酔いしれた。

それから、彩香はキスをやめて、栄一の顔面をまたいできた。目の前に大きくM字に開かれた足と漆黒の台形の翳りがびっしりと生えた股間がある。

「お義父さま、舐めて……」

彩香が言う。

「ああ、わかった」

栄一は翳りの底に顔を寄せて、舌を這わせた。彩香の花園はすでにおびただしく濡れて、舌でなぞるたびに、ぬるっ、ぬるっとすべる。

そして、彩香は顔面騎乗しながら、ぶるぶると内太腿を震わせて、

「ぁああ、ああ……気持ちいい。お義父さま……欲しい。お義父さまのおチンチンが欲しい」

切々と訴えてくる。そうしながらも、濡れ溝を前後に揺すって、擦りつけてくる。

その間も、栄一はイチモツを美月にしゃぶられている。

「いいわよ。彩香さん、先にしても」

美月の声が聞こえた。

彩香はそのまま下半身まで移動して、向かい合う形でまたがってきた。

蹲踞の姿勢になって、唾液でぬめ光っているものを恥肉に擦りつける。それから、慎重に腰を落とした。

ぐちゃぐちゃになった粘膜の入口を、切っ先が押し広げていく確かな感触があって、

「はうぅぅ……！」

彩香がまっすぐに上体を立てた。

まだピストンもしていないのに、熱く滾った女の祠《ほこら》が肉棹にまとわりついてきて、ぎゅっ、ぎゅっと締めつけてくる。

「ああ、すごい……締まってくる」

「ああ、気持ちいい……お義父さまのおチンチン、気持ちいい。好きなの。わたし、これが好きなの……」

喘ぐように言って、彩香がゆっくりと腰を前後に揺すりはじめる。

熱い祠がざわめきながら、からみついてくる快感を、栄一は奥歯を食いしばって、こらえた。

すると、彩香はますます激しく腰を振って、くいっ、くいっと分身を揺さぶってくる。

「おおぅ、たまらんよ」

思わず言うと、彩香は今度は腰を縦に振りはじめた。

すらりとした足をM字開脚して、挿入部分を栄一に見せつけた。それから、スクワ

ットでもするように腰を上下に振った。

両手を自分の太腿に置いて支えて、激しく身体を上下動させる。

「あんっ……あんっ……あんっ……ああ、すごい。お義父さまのチンポが奥に当たってるの。チンポが気持ちいい。お義父さまのチンポが大好き……あんっ、あんっ、あんっ」

スクワットをしていた彩香が、動きを止めて、のけぞった。

見ると、いつの間に美月は背後にまわったのか。後ろから彩香の上体を抱えるようにして、乳房を揉みしだき、乳首を捏ねはじめた。

「もう……彩香さん、エッチなんだから。こうしたくなっちゃう……いいのよ、腰を振って……好きなようにして。わたしも彩香さんが好きだから、かわいがらせてほしいの。いい？」

「はい……好きにしてください」

彩香がそう答える。やはり、彩香はマゾなのだと思った。

美月が後ろから手を伸ばして、尖っている乳首を捏ねると、彩香はいやがることもしないで、

「ぁああ、あああ……気持ちいい。おかしくなる。わたし、おかしくなる……ぁああ

あ、ぁあああ、お義父さま、突きあげてください。淫らなわたしを懲《こ》らしめてください」

せがんでくる。

「よし……そのまま腰を浮かしていろよ」

蹲踞の姿勢を維持させておいて、栄一は下から腰を撥ねあげた。

彩香の太腿を下から持ちあげながら、ずん、ずん、ずんっと突きあげると、怒張がとても窮屈な肉の道をこじ開けていって、蜜がしたたり、

「あんッ、あんッ、あんッ……ぁあああ、気持ちいい……イキそう。わたし、イキそう……ぁああ、美月さん、いじめて。ダメなわたしをもっと懲らしめて……乳首をもっと……ぁああ、痛い……痛いけど気持ちいい。あんっ、あんっ、あんっ……」

あからさまなことを口走って、彩香はぶるぶると震えだした。

「そうら、イキなさい。彩香さん、イクんだ」

栄一がつづけざまに腰を撥ねあげたとき、

「イキます……イク、イク、イクぅ……くっ！」

彩香はぐーんとのけぞって、ばったりと前に突っ伏してきた。

5

ベッドでぐったりしている彩香を横目に見て、栄一は仰臥した美月を上から嵌めていた。

足をすくいあげて膝裏をつかみ、押しつけるようして、ぐいぐいと突き刺していく。

上から打ちおろしながら、途中からすくいあげる。

切っ先が天井側のGスポットを擦りあげ、奥のポイントにも届いて、自分も気持ちいい。

自分が自分ではないようだ。

さっき、彩香をイカせた。そのすぐあとに、美月に挿入しているのだ。

もしかしたら、これは自分のセックスライフの絶頂期なのかもしれない。絶対にそうだ。これ以上のことができるとは思えない。

二十二歳で童貞を捨ててから、こんな贅沢で濃密なセックスをしたことがない。

おそらく今後もないだろう。

膝裏をつかんで開かせ、イチモツを送り込んでいると、彩香が立ちあがって、栄一の後ろについた。

「ねえ、お義父さま……わたしにもください。狡《ずる》いわ。美月さんばかり」

そう耳元で言う。

「いや、彩香さんはさっきイッたばかりじゃないか」

「だって、わたし、まだできるもの。もっとしたいの……ねえ、ねえ」

彩香が後ろから、栄一の乳首を捏ねてくる。

それに美月が答えた。

「しょうがないな、彩香さんは本当にスケベなんだから……わたしの上をいってるわ。じゃあ、わたしがイクまで、隣でオナーニしてなさいよ。わたし、すぐにイクから」

「わかりました。ゴメンなさい」

彩香が二人のすぐ隣で四つん這いになって、こちらに向かって尻を突き出してきた。

そして、右手を尻のほうからまわして、翳りの底に指を伸ばし、恥肉をいじりはじめた。

尻たぶに沿って指をすべらせ、湿地帯の狭間をかきまぜた。

「ああぁ、欲しい……ここに、ちょうだい。お義父さまのおチンポをここにください」

そう言って、二本の指をV字に開いた。それにつれて、肉びらもひろがって、内部の赤い粘膜がぬっと姿を現した。

もう片方の手が今度は腹のほうからあがってきて、あらわになった恥肉に突き刺さった。

中指を第二関節まで押し込んで、抜き差ししながら、

「あんっ、あんっ、ぁあぁ……欲しい。お義父さま、ここにちょうだい」

彩香はくなっ、くなっと腰を揺らして、誘ってくる。

「もう……彩香さんには負けるわね。虫も殺さないような顔をしているのに、いざとなるとものすごく性欲が強いんだから……マゾだし……いいわ」

美月はいったん自分から結合を外して、彩香と同じようにベッドに這った。

そして、尻をぷりぷりと振って、

「ください。お父さんのぶっとくて、硬いものをください……ぁあぁ、早くぅ」

淫らに求めてくる。

栄一は蜜まみれのものを尻たぶの底におさめると、ウエストをつかみ寄せて、思い切り突いた。

パチン、パチンと派手な音がして、

「あんっ、あんっ、あんっ……ぁあぁ、すごい……奥まで来てるぅ。栄一さんのおチンポ、長くて硬いの……ぁあぁ、ください。イカせて……お願い！」

美月が言って、右手を後ろに差し出してきた。

栄一はその手をつかみ寄せて、渾身《こんしん》の力で腰を突き出した。怒張しきったものが膣口を犯していき、美月の様子がさしせまってきた。

「あん、あん、あんっ……イクわ、イク……今よ、ちょうだい……イク、イク、イッちゃう……いやぁあああぁ、はう！」

美月がのけぞって、がくん、がくんと震えた。

それから、どっと前に突っ伏していく。

「ぁああ、お義父さま……早くぅ」

直後に、彩香がせがんできた。もう我慢できないとでも言うように尻をかわいらしく左右に振って、挿入をおねだりしてくる。

栄一がいきりたちを埋め込むと、

「ぁあああ……すごい。お義父さまのまだカチカチ……すごいわ。わたしのために取っておいてくれたのね。ぁああ、うれしい……ちょうだい。お義父さまのミルクが欲しい。ください……」

彩香がせがんでくる。

「よし、イカせてやる。いくぞ。出すぞ、彩香さんのなかに。いいんだね？」

「はい……ください。いっぱいください」

栄一は射精覚悟で打ち込んだ。

ぐいぐいえぐっていると、彩香も美月と同じように右腕を後ろに伸ばしてきたので、その腕をつかんで引き寄せた。そして、スパートする。

さすがに、六十二歳の体はもう疲れ切っていた。だが、不思議なもので性欲があるうちは、まだ体が動くのだ。

「そうら、いくぞ」

「はい……あんっ、あんっ、あんっ……ぁあああ、また、またイッちゃう……お義父さま、ちょうだい。あんっ、あんっ、あんっ……イクぅ」

「そうら、イケぇ……！」

栄一が駄目押しとばかりに打ち込んだとき、

「イクぅうううううう……はうっ！」

彩香が激しく背中をしならせて、シーツを鷲《わし》づかみにした。

その直後、栄一も男液を放っていた。

ドクッ、ドクッと放たれるその苛烈な絶頂のなかで、栄一は生まれてこのかた味わったことのなかった恍惚《こうこつ》を感じていた。

第六章　新しい関係

1

その夜、栄一はホテルのスカイバーで宮原乃依《みやはらのえ》が現れるのを待っていた。

乃依は栄一が勤めていた会社で、栄一の部下として働いていた。栄一は二年前に会社を辞めたのだが、乃依は働きつづけて、今は課長になっている。

現在三十六歳で、能力も高いから、女性課長に昇進してもまったく不思議ではない。

乃依は二年前に夫を亡くしており、今は仕事に時間を取られて、決まった恋人はいないようだった。

今夜、栄一が長らく逢っていなかった乃依を呼んだのには理由があった。

じつは、栄一とカップルになってほしいからだ。

栄一の尽力もあって、浩平と彩香の夫婦生活は復活した。

だが、それも長くはつづかなかった。

復活してしばらくすると、あのスワッピングの刺激が薄らいでいき、また浩平のものは勃《た》たなくなったのだと言う。

それで、浩平はもう一度スワッピングをしたいと言った。今度は、浩平と彩香がカップルとなって、もう一組のカップルを相手にしたいと。

そこで、彩香は『お義父《とう》さまとその恋人のカップルとしか夫婦交換はできない』と主張したのだと言う。

『実際に、わたし、お義父さま以外の男性とは無理なんです。だから、お義父さま、どなたかとカップルになっていただけませんか……そのことを浩平さんに伝えたら、OKをいただきました。ですから、お義父さま、お願いします。恋人を作ってください。一夜の恋人でもいいんです……それに、もしまたスワッピングができたら、そのあとできっとまたお義父さまと……』

彩香にそう懇願されれば、動かざるを得なかった。

その候補として、最初に頭に浮かんだのが、宮原乃依だった。

じつは栄一は乃依が夫と結婚をする前に、一度だけ酔っぱらった乃依を介抱しつつ、抱いたことがあった。

当時、乃依はまだ二十四歳だったから、十二年前のことになる。その二年後に乃依は結婚して、二年前に夫を亡くした。

だから、栄一としてはもっとも声をかけやすかったし、また、乃依はその頃からとても魅力的な女性で、その肉体をもう一度味わいたいという気持ちが強かった。

当日、スカイバーに現れた乃依は深いスリットの入ったワンピースドレスを着ていて、その成熟した女の持つ色気に圧倒された。

かるくウエーブした髪で、シャープすぎてくっきりした顔立ちは少し柔らかみを帯びて、いい具合にやさしくなっていた。

たぶん、仕事が上手くいっているので、余裕があるのだろう。

外の景色が見える展望バーのスツールに腰かけている栄一の隣に着席するなり、

「お逢いできて、うれしいです。二年ぶりですよね？」

と、瞳を輝かせた。

「そうだね。悪かったね、忙しいところを急に呼び出したりして」

「いえ、いえ……わたしは内山部長の永遠の部下ですから。まったく問題ありません」

そう言って、乃依が足を組んだ。

濃紺のドレスのスリットが割れて、黒いストッキングに包まれたむっちりとした太腿がのぞいて、栄一はドキッとする。

乃依が新入社員として、栄一の部下として働きはじめた頃から、教えられることはすべて教えた。

当時からすでに乃依の才能に気づいていたし、また、乃依が美人だったというせいもある。

したがって乃依のなかで、今、自分が女性課長としてバリバリ働けているのも、栄一のお蔭だという思いが強いのだ。

乃依はカクテルを頼んで、すぐに切り出してきた。

「それで、何ですか、ご用は？」

「それなんだが……きみは以前に、俺に恩返しをしたいと言っていたね」

「はい……言いました。覚えています」

「それは、まだ変わらない？」

「もちろん！　何かあるんですね。わたしに頼みたいことが……おっしゃってください。やらせてください」

「とても大変なことだから、いやならいやとはっきり言ってほしいのだけど……その、俺と夫婦かカップルを演じてくれないだろうか？」

「そんなことなら、簡単ですよ。むしろ、わたしが頼みたいくらいです」

「それが、じつはスワッピングなんだ」

スワッピングという単語を出すと、一瞬にして、乃依の表情が曇った。

「じつは、スワッピングを手伝ってくれないかと、ある人に頼まれてね。その人との関係性から言って、断れないんだ。どうにかしてあげたい。だけど、妻は死んでしまったし、俺にはカップルになってくれる連れ合いがいないんだ。そこで誰かと考えたとき、乃依さん、あなたの顔が真っ先に浮かんだ。スワッピングだから、きみはきみの知らない男とセックスするはめになるかもしれない。だから、無理なら無理と言ってほしい。ダメもとで頼んでいるんだ。やってくれないか？」

栄一は深々と頭をさげた。

目の前に、組まれた足からのぞくむっちりとした太腿がせまっていて、栄一はついつい視線を釘付けにされてしまう。

その視線を意識したのだろうか、乃依はゆっくりと足を組み替えて、言った。

「いいですよ。でも、条件がひとつあります」

「何？」

「スワッピングする前に、わたしを抱いてください。抱いていただけたら、わたしは他の男に抱かれても平気です。それが、内山さんのためになるなら」

「そうか……ありがとう！　よかった。きみに声をかけて。よかったよ」

思い余って、乃依を抱きしめていた。

「内山さん……」

乃依はしばらく胸に顔を埋めていたが、

「見られます」

顔を離して、はにかむような顔をした。

「じゃあ、部屋を取るけど、大丈夫だね？」

「はい……」

「しばらくここで呑んでいてよ。俺は部屋を取ってから、戻ってくる」

栄一は嬉々としてスカイバーを出て、一階のフロントに向かった。

2

十八階の客室で、乃依は窓際に置いてあるソファ椅子に腰かけて、足を組んでいる。

そして、栄一はその正面にあるソファ椅子に座っている。

「今、パンティを脱いできたんですよ。見たいですか？」

乃依が言って、栄一は「ああ、見たいな」と答える。

すると、乃依は足を解いて、栄一に見せつけるようにゆっくりと膝を開いていった。

十二年前はこんなことはしなかった。まだ処女に毛が生えたような状態で、栄一のなすがままだった。しかし、この十二年という歳月は乃依を変えるのには充分な時間だったのだろう。

それに、乃依には栄一の無理な願いを聞くのだから、多少は我《わ》が儘《まま》なことをしても許してもらえるだろうという思いもあるだろう。

乃依は黒い透過性の強い太腿までのストッキングを穿き、黒いハイヒールを履いていた。

そして、深いスリットの入ったタイトスカートを穿いているので、片方の太腿が見えて、いっそう大人の官能美が匂い立っている。

膝がどんどんひろがっていき、ついに直角を越えた。

「いいんですよ。内山さん、もっと低くならないと見えないでしょ？」

「ああ、じゃあ……」

栄一は腰を前に出して、顔の位置を低くする。

と、見えた。黒いパンティストッキングの途切れた左右の太腿の白い素肌の集まっていくところに、漆黒の翳りがはっきりと見えた。

「見えます？」

「ああ、見えた。本当にノーパンなんだね」

「ええ、さっき脱ぎました。部長を誘惑したかったから」

そう言って、乃依は片方の膝を座面にあげて、もう一方の膝を肘掛けにかけた。

（ああ、すごい……丸見えだ！）

黒いストッキングが太腿の途中まで張りつくすらりとした足が大胆な角度でひろがって、長方形にととのえられた繊毛とその下のほうの左右のびらびらがわずかに見える。

と、乃依はブラウスの前ボタンを外し、ブラジャーを器用に抜き取って、ブラジャーだけを外した。

ボタンは上から二つ外した状態なので、ノーブラの乳首が白いブラウスの生地から透けだしている。ツンッと二つの着色した突起がせりだしていて、しかも、下腹部もスカートから繊毛が見えてしまっているのだ。

乃依は右手で下腹部をなぞり、左手で乳房をブラウス越しに揉みながら、言った。

「夫が亡くなってから、本当はずっと内山さんとこうしたかったのよ。だって、随分前にわたしを抱いたのに、一回だけだったでしょ？　それはわかるのよ。内山さんの地位を考えたら、新入社員との不倫は命取りになるって……だから、わたしも我慢したのよ。そのお蔭で、結婚できたんだから、恨んではいないわ。でも、夫が亡くなってからは手を出してほしかったな。誘ってほしかった」

「……ゴメン。その気はあったんだけど、意識しすぎてしまって、なかなかね」

「だから、今夜はそのぶん、いっぱい愛してほしいの」

「わかった」

「ねえ、来て……」

乃依に呼ばれて、栄一は近づいていく。

目の前にあるすらりとした足をつかんで、ハイヒールを脱がせ、ストッキングごとキスを浴びせる。透過性の強いストッキングに包まれた爪先からふくら脛へとキスして、太腿へと舌を走らせる。

黒いストッキングが途切れた太腿をじかに舐め、そのまま翳りの底へと舌を走らせた。

左右の足を完全にM字開脚させ、あらわになった媚肉を舐めあげると、ぬるっと舌がすべって、

「はうぅぅぅ……！」

乃依が気持ち良さそうに顎をせりあげ、下腹部を擦りつけてくる。

織毛が流れ込んでいる谷間に丹念に舌を走らせると、そこはすぐにとろとろした蜜にまみれ、

「ぁああ、あああうぅぅ」

乃依は悩ましい声をあげて、もっと舐めてとばかりに栄一の顔を引き寄せて、自分から腰を持ちあげる。

はっきりしたことはわからないが、乃依には今、恋人はいないはずだから、おそらく身体が寂しがって、欲しがっているのだろう。

プレーンヨーグルトに似た味覚を味わいながら、愛蜜を舐めあげた。そのまま上方のクリトリスに舌を打ちつけると、

「ぁああ、あああぁ……いいわ……内山さん、ずっとこうして欲しかった。素敵よ。もっと、もっと舐めて……吸って！　思い切り吸ってよぉ」

乃依がぐいぐいと濡れ溝を擦りつけてくる。

その頃には、栄一の分身もズボンの股間を突きあげていた。

立ちあがると、三角に張っている股間のテントが目の前に来たのだろう、乃依がズボンのベルトをゆるめて、ぐいと膝まで引きおろした。

勃起が持ちあげているブリーフの股間を、乃依は手でなぞりあげて、その形や硬さを味わい、

「お元気だわ。十二年前と全然変わっていない。ぁあぁ、懐かしいわ」

股間のふくらみに頬ずりしてきた。

それから、ちゅっ、ちゅっとキスを浴びせると、じっくりと舐めてくる。ブリーフの布地ごと舌を這わせ、勃起を下からなぞりあげては、

「ぁあぁ、硬いわ。内山さん、全然衰えていない。どうしてなの？」

見あげて言って、それから、もう待てないという様子でブリーフをおろして、ズボンとともに足先から抜き取っていく。

自分でも驚くほどに、臍《へそ》に向かってそそりたっている肉柱を乃依が握って、ゆったりとしごいた。

ますますギンとしてきたイチモツに、乃依がキスをする。

ソファから降りて、咥えやすいように床にしゃがんで、その姿勢で屹立を愛撫する。

亀頭冠の丸みに沿って舌を走らせ、さらには、尿道口を圧迫して開かせ、そこに尖らせた舌を差し込んできた。

「あっ……くっ……」

思わず呻くと、乃依は鈴口を舌でちろちろしながら、栄一を見あげてくる。

それから、亀頭部に唇をかぶせてきた。

途中まで頬張り、亀頭冠を中心に小刻みに顔を打ち振って、唇でしごいてくる。

「ぁああ、気持ちいいよ」

思わず言うと、乃依はぐっと根元まで唇をすべらせ、チューッと吸い込んだ。

「ぁああ……！」

栄一は歓喜に声をあげていた。

強くバキュームされると、尿道口から魂《たましい》が抜け出ていきそうな快感がうねりあがってくる。

十二年前はフェラチオさえ満足にできなかったのに、今は達者で、あっと言う間に射精しそうになる。

「たまらない。乃依さん、上手くなったね。あの頃とは段違いだ」

褒めると、乃依はちらりと見あげて、うれしそうに微笑んだ。

それから、もっとできるわよとばかりに、乃依は何度もバキュームを繰り返し、それから、右手で根元を握り込んできた。

余っている部分に唇をかぶせて、短いストロークで激しく唇を往復させる。そうしながら、根元をぎゅっ、ぎゅっと力強くしごかれると、もう挿入したくなった。

「ゴメン……もう、入れたくなった。早いか？」

訊くと、乃依はちゅるっと吐き出して、立ちあがった。

十五階の窓からは、東京の夜景が見える。高速道路を車の赤いテールランプが連なっているのがはっきりとわかる。

乃依がブラウスのボタンを外して、乳房を半ば見せ、大きな窓に両手を突いた。そのまま後ろに腰を突き出してくる。

ちらっと見ると、外は暗く、なかは明るいので、窓が鏡のようになって、二人の姿が映っていた。

それを見ながら、栄一は背後について、乃依の腰を引き寄せる。

背伸ばしのストレッチをするような格好で、乃依は背中を床とほぼ水平にして、両手を窓に突いて、支えている。

タイトスカートをたくしあげると、ぷりっとしたナマ尻がこぼれでた。太腿の途中まで黒いストッキングに包まれているせいか、いっそう脚線美が強調されている。

栄一はいきりたちを尻たぶの底になすりつけて、位置をさぐった。

沈み込んでいく箇所に亀頭部を押し込んでいくと、狭いところがほぐれるような感触があって、それが熱い粘膜の触感に変わり、

「はうぅぅ……！」

乃依は背中を反らせて、がくんと頭を振りあげた。

「おおぅ……なかが波打っている。すごいオマ×コだ」

思わず言うと、乃依はガラスに映った栄一を見て、

「あの頃とは違うわ。わたしもあれから、女としての磨きがかかったから。それを内山さんに知ってもらいたかったのよ」

微笑みながら、くなっと腰をよじった。

「きみは今ではバリバリのキャリアウーマンだけど、女性としても素晴らしい。それがよくわかったよ」

「わかってもらえたら、いいの。スワッピングのほうも上手くやるわ。任しておいて」

「乃依さんがそう言ってくれるなら、もう安心だ。きみに依頼して、本当によかった。心から感謝しているよ。その気持ちを込めて、頑張らせてもらうよ」

栄一は腰を引き寄せて、徐々に打ち込みのピッチをあげていく。

下を向いた乳房がぶるん、ぶるるんと揺れて、

「あっ……あっ……ぁああん……」

乃依は甲高い声をあげる。

その声を聞いているだけで、いかに乃依がこの状態を満喫しているかが、伝わってくる。

もっと感じさせたくなって、栄一は乳房をとらえた。

腋の下から両手を潜らせて、左右のDカップだろうふくらみを鷲づかみにして、やわやわと揉みあげる。そうしながら、硬くしこっている乳首を指でつまんで捏ねると、

「ぁああ、これ、好きなの……どうしてわかるの？　ぁああ、気持ちいい……ぁああ、あああぅぅ」

乃依は斜めまで上体を起こしながらも、尻はぐいと後ろに突き出して、打ち込みを受け止めている。

「乃依さんがガラスに映っている。きれいだよ。すごく知的なのに、すごく色っぽい。たまらないよ」

栄一は乳房を荒々しく揉みながら、後ろからの立ちバックで、ぐいぐい突きあげる。

乃依の頭の上に、栄一自身の姿も窓に映っていて、正直、気恥ずかしい。

だが、あらわになった乳房を揉まれながらも、後ろから突きあげられて、あんあん喘いでいる乃依は、途轍もなくエロチックだった。

「成長したな、乃依さん。よかったよ。きみと逢ってよかった」

「わたしも……わたしも内山さんとお逢いできて、すごくよかった。ぁああ、気持ちいいの。内山さんの硬いものがわたしを突いてくる。内臓が揺れている。お臍まで届いてるわ……イカせてください」

「よし、イカせてやる」

栄一は乃依を羽交い締めして、後ろからがんがん突いた。

乃依は尻だけを後ろに突き出す卑猥な格好で、ストロークを受け止めて、

「あっ……あっ……あっ……ぁああ、来るわ。来る……イッちゃいそう。イクわ……イキます」

さしせまった声を放つ。

「よし、イケ。イキなさい」

栄一は羽交い締めしながら、ここぞとばかりに突きあげる。

そろそろ息が切れてきた。しかし、ここは絶対に乃依に絶頂を迎えてもらわないと

いけない。

歯を食いしばって打ち据えたとき、

「来る、来る、来る……いやぁあああぁぁぁ！」

乃依は大きくのけぞりながら、がくん、がくんと躍りあがった。

栄一はとっさに結合を解いて、白濁液を乃依の背中に向けて、放っていた。

打ち終えて、背中に付着した白濁液をティッシュで拭き取ると、乃依は栄一とともにベッドに倒れ、

「ちゃんとイッたわ。じつは、十二年前にわたし、イッたふりをしていたの。本当はイッてなかったの。だから、今、心から幸せ」

乃依は栄一を見あげて、胸板に頬ずりしてきた。

3

スワッピング当日、この前と同じホテルの同じ客室を使うことになって、早めにチェックインした栄一は、乃依とともにカウンターバーの前で、ワインを呑んでいた。

乃依は背中の広く開いたドレスを着て、スツールに腰かけている。裾には深いスリ

ットが走っていて、組んだ足の太腿が半ば見えてしまっている。

胸元も鋭くV字に切れ込んでいるので、内側の乳房の丸みがのぞいていた。

こうしてみると、本当にいい女だ。知性派であり、肉体派でもある。この二つをかね備える女性はいそうでいない。

逆に、浩平が乃依にころっといってしまうのではないかと心配になってくる。

乃依には、今来る二人が、栄一の息子とその嫁であることは伝えていない。

一応、田中という偽名を教えてあり、二人にも今日は『田中』という偽名で通すように言ってある。

彩香にも栄一のことを『お義父さま』とは呼ばないように釘を刺してあった。

そして、二人には乃依は自分のかつての部下で、若い頃に肉体関係があり、この日のために来てもらったのだと事実を伝えた。

少し前にひさしぶりに身体を合わせて、今回は純粋なスワッピングに協力してもらっているから、余計な心配はいらないとも言ってある。

二人を待っていると、乃依が栄一の手をつかんで、ドレスの裾のなかに導いた。

太腿までの黒いストッキングの上には素肌があり、さらに上方に指を這わせると、柔らかな繊毛とその奥に湿った息吹を感じる。

「ノーパンなんだね？」

「ええ、このほうがアピールするかなと……いけませんでした？」

「いやいや、最高だよ」

栄一はキスをして、翳りの底を指でなぞった。すると、乃依はくぐもった声を洩らしながら、腰を揺らせて、湿地帯を擦りつけてくる。

栄一がドレスの胸元を揉んでいると、チャイムが鳴った。インターフォンの画像に浩平と彩香の姿が映っていた。

それを見た乃依が、

「あらっ、いい男じゃないの。女性のほうも影があって、きれい……」

感心したように言った。

乃依が興味を持ってくれたようでよかった。息子とその嫁を褒められるのも、うれしい。

「じゃあ、頼むよ」

栄一が出入り口のドアを開けると、浩平を先頭に彩香が入ってきた。

彩香は清楚なワンピースを着て、いつも以上に美しかった。

四人はソファに座って、ワインを呑みながら、浩平が彩香のことを「妻の彩香です」と紹介して、栄一も乃依のことを「恋人の乃依です」と紹介した。

「おきれいな方ですね。本当におきれいだ」

浩平が乃依を褒めた。お世辞ではなくて、本心からそう感じていることは、浩平の乃依を見る目でわかった。

そして、乃依も満更ではなさそうな顔で、足を組み替えている。

「ありがとうございます。彩香さんもほんとうにおきれいな方だ。驚きました」

栄一はそう彩香を褒める。本心だった。

「では、早速ですが、俺たちはシャワーを浴びてきますので」

浩平が言って、

「じゃあ、私たちも浴びさせていただこうか」

栄一も乃依とともに席を立つ。この部屋には、シャワールームが二つついていた。

栄一は乃依と二人でシャワーを浴び、バスローブをまとって、シャワールームを出た。

二人の姿はまだない。

窓側のベッドで、仰向けになった乃依の裸身を愛撫していると、浩平と彩香がやってきて、隣のベッドに横たわる。

それをちらちら窺いながら、乃依の美乳を揉みしだき、乳首にキスをし、舌であやす。

「ぁああ、あああ……気持ちぃぃ……。内山さんにされると、本当に気持ち良くなっしまう」

そう言って、乃依は下からアーモンド型の目でじっと見つめてくる。

どうやら、他のカップルが隣にいることは、さほど気にならないようだ。むしろ、見られていることで、やる気が湧いてくるタイプなのだろう。最近、活躍している女性はこのタイプが多いような気がする。

栄一が乳首を舌であやしながら、下腹部の翳りの底を指でなぞると、

「ぁああ、気持ちいい……乳首もあそこも両方いいのよ。どんどん気持ち良くなってくる。ぁああ、あうぅぅ」

乃依が悩ましい声をあげて、もっととばかりに下腹部をせりあげてくる。

隣のベッドを見ると、浩平が上になって、彩香の乳房を揉みしだき、乳首を舐めていた。そして、彩香は「ぁあああうぅ」と声をあげて、身悶えをしている。

彩香のそういう姿を目の当たりにすると、栄一はひどく昂奮してまうのだ。下腹部のイチモツがぐんと頭を擡げてくる。

と、それを感じたのか、乃依が上になって、栄一の分身を頬張ってきた。

「んっ、んっ、んっ……」

力強く唇と指でしごかれると、それはますますギンといきりたつ。

乃依はやはり見られると張り切るタイプなのだろう、前回よりはるかに積極的にイチモツをしゃぶり、しごいてくる。

栄一はもたらされる快感に目を細めながら、横のベッドを見た。

隣でも、彩香が同じように浩平のイチモツを頬張っていた。だが、それはなかなか硬くならないようで、力強さを欠いている。

「ダメだ、やっぱり……すみませんが、パートナーをチェンジしてください。どうも、思うに任せないので」

浩平が言った。本心だろう。

栄一はうなずいて、

「では、交換しましょう。乃依さん、頼むよ」

乃依に向かって言う。

乃依はうなずいて、隣のベッドに移動して、その替わりに彩香が栄一のベッドにやってきた。

「よろしくお願いします」

彩香が頭をさげて、

「どうしたらいいですか？」

訊いてくる。

「では、さっきのつづきで、おしゃぶりしてもらいましょうか？　乃依さんの咥えたものはいやですか？」

「いいえ、問題ないです。では、立っていただけませんか？」

「わかりました」

栄一がベッドに仁王立ちすると、彩香がその前にしゃがんだ。

正座の姿勢から腰をあげて、いきりたっている硬直を静かに握って、ゆったりとしごいた。

ぐちゅぐちゅと包皮が動いて、ジーンとした快感がひろがってくる。

「すごいですね……内山さんのおチンチン、どんどん硬くなってきます」

彩香が髪をかきあげて、栄一を見あげる。

「それは、あれですよ。彩香さんがとても魅力的だからですよ。握られているだけで、昂奮します」

そう言って、ちらりと隣を見ると、仰臥した浩平がこちらをぎらぎらした目で見つめていた。

その下腹部には、乃依が顔を寄せている。

見る見る、息子の分身は力を漲らせ、ギンとしたものを乃依が頬張りはじめた。

(やはり、浩平は彩香が他の男のものをしゃぶったり、嵌められたりすると、昂奮するんだな。嫉妬が性欲に火を点けるというわけか……よし、もっと見せつけてやる)

栄一がいきりたつものをぐいと差し出すと、彩香は先端にキスをし、周囲をぐっと舐めてきた。

それから、裏筋をツーッ、ツーッと舐めあげ、包皮小帯を集中的に刺激してくる。

そうしながら、睾丸袋をやわやわと持ちあげて、さすってくる。

「ぁああ、たまらない……」

思わず言うと、彩香はぐっと姿勢を低くして、睾丸を下から舐めあげてきた。

オイナリさんに似た袋に丹念に舌を走らせながら、肉竿を握りしごいてくれる。

「おおぅ、すごいな……気持ちいいよ。あああ、たまらんよ」

言うと、彩香はさらに顔の位置を低くして、睾丸を口に入れて、頬張ったまま、肉竿をぎゅっ、ぎゅっと握りしごいてくるのだ。

さらに、彩香は反対側の睾丸も口に含んで、あやしてくる。

その間も、茎胴を握りしごかれているから、栄一の分身はますますギンとしてきた。

（やっぱり、彩香さんがいい。フェラも挿入も彩香さんがいちばんだ！）

もたらされる快感に酔いしれていると、彩香は袋を吐き出して、その奥の会陰にも舌を伸ばしてきた。

睾丸とアヌスの間の縫い目にも舌を擦りつけ、ちろちろとあやしてくる。

敏感な箇所を最愛の女に献身的に愛撫されて、栄一はもう挿入したくてたまらなくなる。しかし、やはり、浩平の見ている前で、その妻とひとつにつながることはできない。

そう自制する間にも、彩香が裏筋を舐めあげて、本体を上から頬張ってきた。

ジュブ、ジュブッと唾音とともに途中まで唇を往復されると、甘い陶酔感がひろがってくる。そのとき、

「あっ、あんっ、あんっ……！」

乃依の喘ぎ声が聞こえてきた。

ハッとして隣のベッドを見ると、四つん這いになった乃依を、浩平が後ろから嵌めていた。

さっき彩香が栄一にフェラチオをしているところを見て、あそこがピンコ勃ちしていたから、乃依に挿入してしまったのだろう。

これには、栄一も驚いた。

前回は確かに夫婦交換に近いことをしたが、実際に、浩平は美月には挿入しておらず、合体したのは彩香だけだった。

しかし、今、浩平は乃依とつながっている。乃依のオマ×コに後ろから勃起を挿入して、ぐいぐいと腰をつかっているのだ。

びっくりしたのは栄一だけではなかったようで、彩香も唖然としている。

二人の視線を感じたのか、浩平が言った。

「いいですよ。二人で本番しても。これは夫婦交換なんだから、ちゃんと交換しないとつまらないですよ」

「……いいのか？」

栄一は思わず、確認していた。

「ああ、いいですよ。彩香もそのつもりで来ているはずなんで……してくださいよ。そうしないと、俺が昂奮しないんですよ」

最後に口にしたことが、浩平の本心なのだと思った。

「知りませんよ。あとでいろいろと言っても……後悔しても、もう遅いですよ。いいんですね？」

「ああ、いいと言っているだろ！　早くしろよ！」

浩平が苛立って言う。

「いいんだね、彩香さんは」

気持ちを確かめた。すると、

「はい……していただければうれしいです」

彩香がきっぱりと答えた。

その力強い言葉を聞いて、奮い立たない男はいないだろう。

栄一は彩香を仰臥させて、膝をすくいあげた。

あらわになった翳りの底で、女の花が絢爛《けんらん》に咲き誇っていた。ふっくらとした肉びらがひろがって、内部の赤い雌蕊《めしべ》がいやらしくぬめ光っている。

栄一は挿入する前に、そこを舐めた。舌が潤みをなぞりあげていって、

「あああ……気持ちいい……舐められるだけで、イキそうになります」

彩香が愛らしいことを言う。

(俺は絶対にしてはいけないことをしている。しかし、かまうものか……当人が二人

とも求めているのだから)

栄一は膣口に舌を抜き差しし、上方のクリトリスを刺激する。すると、彩香はもうどうしていいのかわからないといった様子で下腹部を擦りつけながら、

「ぁあああ、あああ……ください。内山さんのおチンポをください……」

と、せがんでくる。

栄一も俄然その気になった。

顔をあげて、片方の足を離して、その手で屹立を導いた。沼地を亀頭部でなぞりながら、ちらりと隣を見た。

すると、浩平がぎらぎらした目で、こちらを食い入るように見ていた。

その視線は、栄一のイチモツが今にも嵌まり込みそうなその結合地点に注がれている。浩平にとっては、相手の男が誰であろうと、さほど関係ないのだろうと思った。

ただ、自分の愛する妻が、自分以外の男に犯されて、感じるところを見たいのだ。

そのときにうねりあがった嫉妬や黒い感情が、浩平をオスにさせ、同時に、彩香に強い愛情を抱かせるのだ。

(よし、感じさせてやる！　それが、息子を救うのだから)

栄一は亀頭部を膣口に押し当てた。慎重にさぐりながら、じっくりと腰を進めると、

分身がとても窮屈なところを押し広げていく感触があって、

「はうぅぅぅ……！」

彩香が顔をのけぞらせて、シーツを鷲づかみにした。

「おおぅ、くっ……！」

と、栄一も奥歯を食いしばっていた。

ひさしぶりの彩香とのセックスだった。

（ああ、これだ……俺はこの女がいい！）

両手で膝裏をつかんで開かせ、押しつけるようにして、ずりゅっ、ずりゅっとイチモツを叩き込んでいく。

「あんっ、あんっ、あんっ……」

彩香がよく響く声で鳴き、顎をせりあげる。

打ち込むたびに、とろとろに蕩けた粘膜が波打ちながら、分身にからみついてくる。

浅瀬や中盤も深部もすべてが気持ちいい。

深く打ち込んでも、浅瀬を突いても、速度を変えても、そのどれもが気持ちいい。

「ぁああ、抱いてください。ぎゅっと……」

彩香が両手を差し出して、せがんでくる。

一体化したいのだろう。

ひとつになっていることを感じることで、今受けているだろう浩平からの視線のプレッシャーを少しでも振り払いたいのだろう。

栄一は膝を離して、覆いかぶさっていく。

唇を重ねて、舌をからめながら、腰を揺すって屹立で粘膜を擦りあげる。

すると、それがいいのか、彩香は足を栄一の腰に巻きつけて、ぎゅっとしがみついてくる。

徐々に強く打ち据えていくと、

「んんっ……んんっ……」

彩香は必死に喘ぎをこらえていたが、やがて、キスしていられなくなったのか、唇を離して、

「あんっ……あんっ……あんっ……ぁああ、いいの。内山さんのおチンチン、気持ちいい……ぁああ、もっと、もっと犯してください。メチャクチャにしてください」

強くしがみついてくる。

今の言葉は、彩香の正直な声のような気がした。

どこかマゾ的なところを持っている彩香には、自己処罰欲求のようなものがあるの

だろう。

「よし、メチャクチャにしてやる」

栄一はがしっと上体を抱き寄せながら、下半身を躍らせた。ぐいぐいぐいっと打ちおろし、途中からしゃくりあげると、

「あんっ、あんっ、あんっ……ああ、すごい。突き刺さってくる。おチンポがお腹に突き刺さってくる。いいの、いいのよ……ぁああ、破れる。わたしのお腹が破れてしまう……あんっ、あんっ、あんっ、ぁああ」

彩香はあからさまなことを口にして、ぎゅっと抱きついてくる。

栄一はもっと感じさせようと、乳房をつかんで揉みながら、乳首にしゃぶりついた。カチカチにせりだしているピンクの突起を舐め、転がし、吸う。

時々たわわな房を荒々しく揉みしだいた。そうしながら、打ち込みつづけていると、彩香の様子がさしせまってきた。

「ぁああ、もっと、もっと強く……わたしをメチャクチャにして。苦しめてください」

彩香が言った。

「よし、苦しめてやる」

栄一は上体を立てて、彩香の足を両肩にかけた。そうしておいて、ぐっと前に体を

倒した。

すると、彩香のすらりとした裸身が腰のところで急激に折れて、栄一の顔が彩香の顔のほぼ真上のところで止まった。

「ぁああ、苦しい……！　長いおチンチンが奥を突いてくるの。当たってるの。強く押してくる……」

彩香が眉を八の字に折って、下から訴えてくる。

「まだこれからだぞ。そうら、突き刺してやる。彩香さんの子宮を俺のチンコでぶっ刺してやる」

そう言って、栄一は上から打ちおろしていく。

この体勢だと挿入が自然に深くなる。

さらに意識的に奥へと打ち込んでいくと、

「んっ、んっ……んんんっ……ぁあああ、許して……」

彩香が許しを請《こ》う。

「ダメだ。許さないぞ。そうら、彩香さん、苦しいだろ？　もっと苦しみなさい。そうら……」

たてつづけに奥へと叩き込むと、彩香の様子が完全に変わった。

「ぁああ……いやよ、いや……許してください……ぁああ、あああああ、やぁああああああ……許して……イキそう……イッちゃう！」

彩香がシーツをつかんで、のけぞり返った。

打ち込むたびに、乳房が揺れて、どんどんずりあがっていってしまう。

栄一は彩香の足をつかんで引き戻し、また前屈する。ぐっと前に体重をかけて、上から打ちおろすと、

「あんっ、あんっ、あんっ……イクわ。イキます。イッていいですか？」

彩香が今にも泣き出さんばかりの顔で訊いてくる。

「いいぞ。イッていいぞ。そうら、みんなに見てもらいなさい。彩香が気を遣《や》るところを見てもらいなさい」

「はい、はい……ぁあああ、イク、イク、イッちゃう……やぁあああああぁぁぁあ！」

彩香が嬌声を張りあげて、大きくのけぞった。

それから、がくん、がくんと躍りあがり、その発作が通りすぎると、魂が抜けたように動かなくなった。

4

栄一はまだ射精していない。

ぐったりとなった彩香の身体から離れると、浩平が近づいてきた。

そして、彩香の耳元で何か囁き、彩香がにこっとした。

(いったい何を言ったんだろう?)

頭を悩ませているうちにも、浩平は彩香にキスをして、その裸身を慈しむように抱いて、さすりはじめた。

どういう加減なのかわからないが、浩平が彩香にやさしくなっていることはわかった。

普通なら、嫉妬に狂って、荒々しく犯したくなるような気がするのだが、浩平はそうしなかった。

そのことを、栄一はうれしく感じた。

隣のベッドで座っていると、乃依が近づいてきた。

「何か、いいものを見た気がします。こちらもつづけましょうよ。内山さん、まだ出していないんでしょ？」

そう言って、乃依は栄一を仰向けに倒して、下半身にまたがってきた。

若干勢いを失っているものをかるくしごいて、それがまたギンとしてくると、イチモツを膣口に押しつけて、沈み込んできた。

猛りたつものが、乃依の体内に埋め込まれていって、

「ぁあうぅぅ……！」

乃依はまっすぐに上体を立てて、顔をのけぞらせる。

それから、自ら腰を前後に振って、濡れ溝を擦りつけてくる。

(おおぅ、気持ちいいぞ)

名器の締めつけを感じながら、乃依を見た。

乃依は見事にシェイプアップされた裸身を揺らせて、栄一の上で躍っている。美しかった。直線的な上の斜面を下側の充実したふくらみが支えた美乳が、尖った乳首をこちらに向けていた。

「あああ、あああ、いいの……内山さん、本当にいいのよ……」

そう言って、乃依は腰を縦に振りはじめた。

ジムにでも通っているのだろう、見事に贅肉の取れた裸身を上下に振って、

「あんっ、あん、んんんんっ……！」

心から感じているという声を放って、乳房を縦揺れさせる。

その姿を見ていると、乃依を自分から攻めたくなった。

いったん結合を外して、乃依を仰向けに寝させて、膝をすくいあげた。いきりたちを打ち込みながら、膝を曲げさせて、ぐいぐいとえぐり込んでいく。

すると、乃依は両手で枕を後ろ手につかみ、甲高く喘いだ。

「あんっ、あんっ、あんっ……ぁあああ、イキそう。イッちゃう！」

「いいぞ。イッていいぞ。きみには感謝している。ありがとう。イッていいよ。そら、イクんだ」

膝を開かせて、両腕をつっかえ棒のようにして、前に体重を預けた。その姿勢で、つづけざまに腰を躍らせると、

「あんっ、あんっ、あんっ……ぁあああ、イク、イク、イッちゃう……いやぁああああああ」

乃依は絶叫するような嬌声を噴きあげて、顎をせりあげ、躍りあがって動かなくなった。

二人の女性をイカせた栄一は、強烈な満足を覚えながらも、精も根も尽き果てて、

どっと乃依に重なっていった。

射精していないのは、乃依に気をつかっているせいだ。

結合を外して、すぐ隣にごろんと横になった。

そのとき、彩香の艶かしい喘ぎが聞こえてきた。

見ると、隣のベッドでは、浩平が後ろから彩香に嵌めていた。

彩香はベッドに四つん這いになって、尻を引き寄せられ、

「あっ……あんっ……ぁあああ、すごいわ、あなた……おかしくなる。わたし、おかしくなる。もう、へんになってる。もっと、もっと彩香をメチャクチャにして。いけない彩香を罰してください」

彩香はあからさまなことを言って、自分からいっそう尻を突き出している。

上体をぐっと低くして、尻だけを高く持ちあげている。それでも、両足を大きく開いているので、その這うような女豹《めひょう》のポーズがいやらしすぎた。

そのとき、浩平がまさかのことを言った。

「ダメだ。中折れしそうだ。刺激が欲しい……内山さん、こっちに来て、彩香にチンコを咥えさせてやってくれ。頼むよ」

「……いや、だけどな……」

栄一もさすがにためらった。

父と息子でひとりの女を前と後ろから犯すことになってしまう。それは幾らなんでも、マズいような気がした。背徳的すぎる。

「頼みますよ。二人のためなんですよ。彩香、お前もそうしたいよな？　内山さんの長いチンコを咥えたいだろ？　そうだよな？」

浩平が訊いた。

すぐに、彩香がこう言った。

「欲しいです。内山さんのおチンチンが欲しい。しゃぶらせてください。お願いします。わかりませんか？　そうしないと、夫のあれが中折れしそうなんです」

「……そうか。いいんだな？」

「いいんだよ。俺がいいって言っているんだから」

浩平が焦れたように言う。

「わかった」

栄一は彩香の前にまわり、両膝をひろげて、尻をついた。

すると、彩香がいきたつものを握って、しごき、情感たっぷりに舐めてきた。蜜が付着しているのを厭《いと》うことなく、丁寧に舐めあげる。

まずはそうやってお掃除フェラをしてから、静かに唇をひろげて、頬張ってきた。

一気に根元まで咥えて、顔を上下に打ち振った。

ずりゅっ、ずりゅっとしごかれると、分身がまた力を漲らせて、彩香の口腔を打った。

「ああ、すごいわ……不死身だわ、これ……ああ、美味しい……んっ、んっ、んっ」

いったん吐き出した彩香はふたたび頬張ると、ジュルジュルッと唾音を立てて啜《すす》り、両頬をぺこりと凹ませながら、大きく激しく唇をスライドさせる。

「おおぅ、気持ちいいぞ。たまらん」

「ぁああ、出して……お口にください。欲しいわ。呑みたいの」

彩香はいったん吐き出して言い、ふたたび頬張って、右手で根元を握りしごきながら、激しく顔を打ち振る。

「ああ、出そうだ！」

「んっ、んっ、んんん……！」

彩香が大きく激しくしごいてきた。

浩平も打ち込みを再開した。パン、パン、パパンと後ろから叩き込まれて、

「んっ、んっ、んっ……ダメっ、浩平さん、イッちゃう！」

彩香がいったん吐き出して、訴えた。

「イケよ。イキながら、呑んでやれよ。できるよな？」

浩平に言われて、彩香はうなずいて、栄一のいきりたちを頬張ってきた。

「んっ、んっ、んっ……」

つづけざまに、指と口でしごかれて、栄一もいよいよさしせまってくる。

「ぁあああ、ダメだ。出る……うおおっ！」

栄一は吼《ほ》えながら、激しく放っていた。

熱い男液を彩香の口腔に発射したとき、

「そうら、イケぇ！」

浩平が強烈に打ち込んで、

「うぐっ……！」

彩香は肉棹を頬張ったまま、がくん、がくんと躍りあがった。

気を遣っているのだ。

夫とその父親のふたつの肉棒を咥え込んで絶頂に昇りつめたのだ。

浩平も精液を放っているのだろう、唸りながらがくがくと震えている。

栄一もすべての精液を放ち終えて、彩香の口腔から肉の塔を抜いた。

すると、彩香は操り人形の糸が切れたようにドッと前に突っ伏していく。
浩平もそのあとを追って、背中に張りつき、ぜいぜいと息を切らしている。
そんな二人を見て、栄一は深い満足感を覚えた。
（これでよかったのだ。これで……）
栄一は自分に言い聞かせて、ベッドを降り、ひとりでシャワールームに向かった。

（了）

＊本作品はフィクションです。作品内の人名、地名、団体名等は実在のものとは関係ありません。

長編小説
息子《むすこ》の嫁《よめ》に性指南《せいしなん》
霧原一輝《きりはらかずき》

2023年3月8日　初版第一刷発行

ブックデザイン……………………　橋元浩明(sowhat.Inc.)

発行人………………………………………後藤明信
発行所……………………………………株式会社竹書房
〒102-0075　東京都千代田区三番町8－1
三番町東急ビル6F
email：info@takeshobo.co.jp
http://www.takeshobo.co.jp
印刷・製本………………………中央精版印刷株式会社